MW00737548

COLLECTION FOLIO

J. M. G. Le Clézio

Peuple du ciel

suivi de

Les bergers

Gallimard

Ces nouvelles sont extraites de Mondo et autres histoires
(Folio n° 1365).

© *Éditions Gallimard, 1978.*

J. M. G. Le Clézio est né à Nice le 13 avril 1940 ; il est originaire d'une famille de Bretagne émigrée à l'île Maurice au XVIIIe siècle.

Grand voyageur, J. M. G. Le Clézio n'a jamais cessé d'écrire depuis l'âge de sept ou huit ans : poèmes, contes, récits, nouvelles, dont aucun n'avait été publié avant *Le procès-verbal*, son premier roman paru en septembre 1963 et qui obtint le prix Renaudot. Son œuvre compte aujourd'hui une trentaine de volumes. En 1980, il a reçu le Grand Prix Paul-Morand décerné par l'Académie française pour son roman *Désert*. Il a reçu le prix Nobel de littérature en 2008.

Découvrez, lisez ou relisez les livres de J.M.G. Le Clézio :

VOYAGES DE L'AUTRE CÔTÉ (L'Imaginaire n° 326)

L'INCONNU SUR LA TERRE (L'Imaginaire n° 394)

MONDO et autres histoires (Folio n° 1365 et Folioplus classiques n° 67)

DÉSERT (Folio n° 1670)

LA RONDE et autres faits divers (Folio n° 3148)

LE CHERCHEUR D'OR (Folio n° 2000)

VOYAGES À RODRIGUES (Folio n° 2949)

LE RÊVE MEXICAIN OU LA PENSÉE INTERROMPUE (Folio Essais n° 178)

PRINTEMPS et autres saisons (Folio n° 2264)

ONITSHA (Folio n° 2472)

ÉTOILE ERRANTE (Folio n° 2592)

DIEGO ET FRIDA (Folio n° 2746)

LA QUARANTAINE (Folio n° 2974)

POISSON D'OR (Folio n° 3192)

HASARD, *suivi de* ANGOLI MALA (Folio n° 3460)

CŒUR BRÛLE et autres romances (Folio n° 3284)

GENS DES NUAGES, *avec Jemia Le Clézio. Photographies de Bruno Barbey* (Folio n° 3284)

L'AFRICAIN (Folio n° 4250)

RÉVOLUTIONS (Folio n° 4095)

PEUPLE DU CIEL *suivi de* LES BERGERS (Folio 2 € n° 3792)

Pour en savoir plus sur J. M. G. Le Clézio et son œuvre :

Gérard de Cortanze : J. M. G. Le Clézio (Folio n° 3664)

François Marotin commente *Mondo* et autres histoires (Foliothèque n° 47)

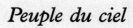

Peuple du ciel

Petite Croix aimait surtout faire ceci : elle allait tout à fait au bout du village et elle s'asseyait en faisant un angle bien droit avec la terre durcie, quand le soleil chauffait beaucoup. Elle ne bougeait pas, ou presque, pendant des heures, le buste droit, les jambes bien étendues devant elle. Quelquefois ses mains bougeaient, comme si elles étaient indépendantes, en tirant sur les fibres d'herbe pour tresser des paniers ou des cordes. Elle était comme si elle regardait la terre au-dessous d'elle, sans penser à rien et sans attendre, simplement assise en angle droit sur la terre durcie, tout à fait au bout du village, là où la montagne cessait d'un seul coup et laissait la place au ciel.

C'était un pays sans hommes, un pays de sable et de poussière, avec pour seules limites les mesas rectangulaires, à l'horizon. La terre était trop pauvre pour donner à manger aux hommes, et la pluie ne tombait pas du ciel. La route goudronnée traversait le pays de part en part, mais c'était une route pour aller sans s'arrêter, sans regarder les villages de poussière, droit devant soi au milieu des mirages, dans le bruit mouillé des pneus surchauffés.

Ici, le soleil était très fort, beaucoup plus fort que la terre. Petite Croix était assise, et elle sentait sa force sur son visage et sur son corps. Mais elle n'avait pas peur de lui. Il suivait sa route très longue à travers le ciel sans s'occuper d'elle. Il brûlait les pierres, il desséchait les ruisseaux et les puits, il faisait craquer les arbustes et les buissons épineux. Même les serpents, même les scorpions le craignaient et restaient à l'abri dans leurs cachettes jusqu'à la nuit.

Mais Petite Croix, elle, n'avait pas peur. Son visage immobile devenait presque noir, et elle couvrait sa tête avec un pan de sa couverture. Elle aimait bien sa place, en haut de la falaise, là où les rochers et la terre sont cassés d'un seul coup et fendent le vent froid comme une étrave. Son corps connaissait bien sa place, il était fait pour elle. Une petite place, juste à sa mesure, dans la terre dure, creusée pour la forme de ses fesses et de ses jambes. Alors elle pouvait rester là longtemps, assise en angle bien droit avec la terre, jusqu'à ce que le soleil soit froid et que le vieux Bahti vienne la prendre par la main pour le repas du soir.

Elle touchait la terre avec la paume de ses mains, elle suivait lentement du bout des doigts les petites rides laissées par le vent et la poussière, les sillons, les bosses. La poussière de sable faisait une poudre douce comme le talc qui glissait sous les paumes de ses mains. Quand le vent soufflait, la poussière s'échappait entre ses doigts, mais légère, pareille à une fumée, elle disparaissait dans l'air. La terre dure était chaude sous le soleil. Il y avait des jours, des mois que Petite Croix venait à cet endroit. Elle ne se souvenait plus très bien elle-même comment elle avait trouvé cet endroit. Elle se souvenait seulement de la question qu'elle avait posée au vieux Bahti, à propos du ciel, de la couleur du ciel.

« Qu'est-ce que le *bleu* ? »

C'était cela qu'elle avait demandé, la première fois, et puis elle avait trouvé cet endroit, avec ce creux dans la terre dure, tout prêt à la recevoir.

Les gens de la vallée sont loin, maintenant. Ils sont partis comme des insectes caparaçonnés sur leur route, au milieu du désert, et on n'entend plus leurs bruits. Ou bien ils roulent dans les camionnettes en écoutant la musique qui sort des postes de radio, qui chuinte et crisse comme les insectes. Ils vont droit sur la route noire, à travers les champs desséchés et les lacs des mirages, sans regarder autour d'eux. Ils s'en vont comme s'ils ne devaient jamais plus revenir.

Petite Croix aime bien quand il n'y a plus personne autour d'elle. Derrière son dos, les rues du village sont vides, si lisses que le vent ne peut jamais s'y arrêter, le vent froid du silence. Les murs des maisons à moitié ruinées sont comme les rochers, immobiles et lourds, usés par le vent, sans bruit, sans vie.

Le vent, lui, ne parle pas, ne parle jamais. Il n'est pas comme les hommes et les enfants, ni même comme les animaux. Il passe seulement, entre les murs, sur les rochers, sur la terre dure. Il vient jusqu'à Petite Croix et il l'enveloppe, il enlève un instant la brûlure du soleil de son visage, il fait claquer les pans de la couverture.

Si le vent s'arrêtait, alors peut-être qu'on entendrait les voix des hommes et des femmes dans les champs, le bruit de la poulie près du réservoir, les cris des enfants devant le bâtiment préfabriqué de l'école, en bas, dans le village des maisons de tôle. Peut-être que Petite Croix entendrait plus loin encore les trains de marchandises qui grincent sur les rails, les camions aux huit roues rugissantes sur la route noire, vers les villes plus bruyantes encore, vers la mer?

Petite Croix sent maintenant le froid qui entre en elle, et elle ne résiste pas. Elle touche seulement la terre avec la paume de ses mains, puis elle touche son visage. Quelque part, derrière elle, les chiens aboient, sans raison, puis ils se recouchent en rond dans les coins de murs, le nez dans la poussière.

C'est le moment où le silence est si grand que tout peut arriver. Petite Croix se souvient de la question qu'elle demande, depuis tant d'années, la question qu'elle voudrait tellement savoir, à propos du ciel, et de sa couleur. Mais elle ne dit plus à voix haute :

« Qu'est-ce que le *bleu* ? »

Puisque personne ne connaît la bonne réponse. Elle reste immobile, assise en angle bien droit, au bout de la falaise, devant le ciel. Elle sait bien que quelque chose doit venir. Chaque jour l'attend, à sa place, assise sur la terre dure, pour elle seule. Son visage presque noir est brûlé par le soleil et par le vent, un peu levé vers le haut pour qu'il n'y ait pas une seule ombre sur sa peau. Elle est calme, elle n'a pas peur. Elle sait bien que la réponse doit venir, un jour, sans qu'elle comprenne comment. Rien de mauvais ne peut venir du ciel, cela est sûr. Le silence de la vallée vide, le silence du village derrière elle, c'est pour qu'elle puisse mieux entendre la réponse à sa question. Elle seule peut entendre. Même les chiens dorment, sans s'apercevoir de ce qui arrive.

C'est d'abord la lumière. Cela fait un bruit très doux sur le sol, comme un bruissement de balai de feuilles, ou un rideau de gouttes qui avance. Petite Croix écoute de toutes ses forces, en retenant un peu son souffle, et elle entend distinctement le bruit qui arrive. Cela fait chchchch, et aussi dtdtdt! partout, sur la terre, sur les rochers, sur les toits plats des maisons. C'est un bruit de feu, mais très doux et assez lent, un feu tranquille qui n'hésite pas, qui ne lance pas d'étincelles. Cela vient surtout d'en haut, face à elle, et vole à peine à travers l'atmosphère, en bruissant de ses ailes minuscules. Petite Croix entend le murmure qui grandit, qui s'élargit autour d'elle. Il vient de toutes parts maintenant, pas seulement du haut, mais aussi de la terre, des rochers, des maisons du village, il jaillit en tous sens comme des gouttes, il fait des nœuds, des étoiles, des espèces de rosaces. Il trace de longues courbes qui bondissent au-dessus de sa tête, des arcs immenses, des gerbes.

C'est cela, le premier bruit, la première parole. Avant même que le ciel s'emplisse, elle entend le passage des rayons fous de la lumière, et son cœur commence à battre plus vite et plus fort.

Petite Croix ne bouge pas la tête, ni le buste. Elle ôte ses mains de la terre sèche, et elle les tend devant elle, les paumes tournées vers l'extérieur. C'est comme cela qu'il faut faire ; elle sent alors la chaleur qui passe sur le bout de ses doigts, comme une caresse qui va et vient. La lumière crépite sur ses cheveux épais, sur les poils de la couverture, sur ses cils. La peau de la lumière est douce et frissonne, en faisant glisser son dos et son ventre immenses sur les paumes ouvertes de la petite fille.

C'est toujours comme cela, au début, avec la lumière qui tourne autour d'elle, et qui se frotte contre les paumes de ses mains comme les chevaux du vieux Bahti. Mais ces chevaux-là sont encore plus grands et plus doux, et ils viennent tout de suite vers elle comme si elle était leur maîtresse.

Ils viennent du fond du ciel, ils ont bondi d'une montagne à l'autre, ils ont bondi par-dessus les grandes villes, par-dessus les

rivières, sans faire de bruit, juste avec le froissement soyeux de leur poil ras.

Petite Croix aime bien quand ils arrivent. Ils
ne sont venus que pour elle, pour répondre à
sa question peut-être, parce qu'elle est la seule
à les comprendre, la seule qui les aime. Les
autres gens ont peur, et leur font peur, et c'est
pour cela qu'ils ne voient jamais les chevaux
du bleu. Petite Croix les appelle; elle leur
parle doucement, à voix basse, en chantant un
peu, parce que les chevaux de la lumière sont
comme les chevaux de la terre, ils aiment les
voix douces et les chansons.

> « Chevaux, chevaux,
> petits chevaux du bleu
> emmenez-moi en volant
> emmenez-moi en volant
> petits chevaux du bleu. »

Elle dit « petits chevaux » pour leur plaire,
parce qu'ils n'aimeraient sûrement pas savoir
qu'ils sont énormes.

C'est comme cela au début. Ensuite, viennent les nuages. Les nuages ne sont pas
comme la lumière. Ils ne caressent pas leur
dos et leur ventre contre les paumes des
mains, car ils sont si fragiles et légers qu'ils ris-
queraient de perdre leur fourrure et de s'en

aller en filoselle comme les fleurs du coton-
nier.

Petite Croix les connaît bien. Elle sait que les
nuages n'aiment pas trop ce qui peut les dis-
soudre et les faire fondre, alors elle retient son
souffle, et elle respire à petits coups, comme les
chiens qui ont couru longtemps. Cela fait froid
dans sa gorge et ses poumons, et elle se sent
devenir faible et légère, elle aussi, comme les
nuages. Alors les nuages peuvent arriver.

Ils sont d'abord loin au-dessus de la terre,
ils s'étirent et s'amoncellent, changent de
forme, passent et repassent devant le soleil et
leur ombre glisse sur la terre dure et sur le
visage de Petite Croix comme le souffle d'un
éventail.

Sur la peau presque noire de ses joues, de
son front, sur ses paupières, sur ses mains, les
ombres glissent, éteignent la lumière, font des
taches froides, des taches vides. C'est cela, le
blanc, la couleur des nuages. Le vieux Bahti
et le maître d'école Jasper l'ont dit à Petite
Croix : le blanc est la couleur de la neige, la
couleur du sel, des nuages, et du vent du nord.
C'est la couleur des os et des dents aussi. La
neige est froide et fond dans la main, le vent
est froid et personne ne peut le saisir. Le sel
brûle les lèvres, les os sont morts, et les dents
sont comme des pierres dans la bouche. Mais

c'est parce que le blanc est la couleur du vide, car il n'y a rien après le blanc, rien qui reste.

Les nuages sont comme cela. Ils sont tellement loin, ils viennent de si loin, du centre du bleu, froids comme le vent, légers comme la neige, et fragiles; ils ne font pas de bruit quand ils arrivent, ils sont tout à fait silencieux comme les morts, plus silencieux que les enfants qui marchent pieds nus dans les rochers, autour du village.

Mais ils aiment venir voir Petite Croix, ils n'ont pas peur d'elle. Ils se gonflent maintenant autour d'elle, devant la falaise abrupte. Ils savent que Petite Croix est une personne du silence. Ils savent qu'elle ne leur fera pas de mal. Les nuages sont gonflés et ils passent près d'elle, ils l'entourent, et elle sent la fraîcheur douce de leur fourrure, les millions de gouttelettes qui humectent la peau de son visage et ses lèvres comme la rosée de la nuit, elle entend le bruit très suave qui flotte autour d'elle, et elle chante encore un peu, pour eux,

> «Nuages, nuages,
> petits nuages du ciel
> emmenez-moi en volant
> emmenez-moi en volant
> en volant
> dans votre troupeau.»

Elle dit aussi «petits nuages» mais elle sait bien qu'ils sont très très grands, parce que leur fourrure fraîche la recouvre longtemps, cache la chaleur du soleil si longtemps qu'elle frissonne.

Elle bouge lentement quand les nuages sont sur elle, pour ne pas les effrayer. Les gens d'ici ne savent pas bien parler aux nuages. Ils font trop de bruit, trop de gestes, et les nuages restent haut dans le ciel. Petite Croix lève lentement les mains jusqu'à son visage, et elle appuie les paumes sur ses joues.

Puis les nuages s'écartent. Ils vont ailleurs, là où ils ont affaire, plus loin que les remparts des mesas, plus loin que les villes. Ils vont jusqu'à la mer, là où tout est toujours bleu, pour faire pleuvoir leur eau, parce que c'est cela qu'ils aiment le mieux au monde : la pluie sur l'étendue bleue de la mer. La mer, a dit le vieux Bahti, c'est l'endroit le plus beau du monde, l'endroit où tout est vraiment bleu. Il y a toutes sortes de bleus dans la mer, dit le vieux Bahti. Comment peut-il y avoir plusieurs sortes de bleus, a demandé Petite Croix. C'est comme cela pourtant, il y a plusieurs bleus, c'est comme l'eau qu'on boit, qui emplit la bouche et coule dans le ventre, tantôt froide, tantôt chaude.

Petite Croix attend encore, les autres personnes qui doivent venir. Elle attend l'odeur de l'herbe, l'odeur du feu, la poussière d'or qui danse sur elle-même en tournant sur une seule jambe, l'oiseau qui croasse une seule fois en frôlant son visage du bout de son aile. Ils viennent toujours, quand elle est là. Ils n'ont pas peur d'elle. Ils écoutent sa question, toujours, à propos du ciel et de sa couleur, et ils passent si près d'elle qu'elle sent l'air qui bouge sur ses cils et dans ses cheveux.

Puis les abeilles sont venues. Elles sont parties tôt de chez elles, des ruches tout en bas de la vallée. Elles ont visité toutes les fleurs sauvages, dans les champs, entre les amas de roche. Elles connaissent bien les fleurs, et elles portent la poudre des fleurs dans leurs pattes, qui pendillent sous le poids.

Petite Croix les entend venir, toujours à la même heure, quand le soleil est très haut audessus de la terre dure. Elle les entend de tous les côtés à la fois, car elles sortent du bleu du ciel. Alors Petite Croix fouille dans les poches de sa veste, et elle sort les grains de sucre. Les abeilles vibrent dans l'air, leur chant aigu traverse le ciel, rebondit sur les rochers, frôle les oreilles et les joues de Petite Croix.

Chaque jour, à la même heure, elles vien-

nent. Elles savent que Petite Croix les attend,
et elles l'aiment bien aussi. Elles arrivent par
dizaines, de tous les côtés, en faisant leur
musique dans la lumière jaune. Elles se posent
sur les mains ouvertes de Petite Croix, et elles
mangent la poudre de sucre très goulûment.
Puis sur son visage, sur ses joues, sur sa
bouche, elles se promènent, elles marchent
très doucement et leurs pattes légères cha-
touillent sa peau et la font rire. Mais Petite
Croix ne rit pas trop fort, pour ne pas leur faire
peur. Les abeilles vibrent sur ses cheveux
noirs, près de ses oreilles, et ça fait un chant
monotone qui parle des fleurs et des plantes,
de toutes les fleurs et de toutes les plantes
qu'elles ont visitées ce matin. « Écoute-nous »,
disent les abeilles, « nous avons vu beaucoup
de fleurs, dans la vallée, nous sommes allées
jusqu'au bout de la vallée sans nous arrêter,
parce que le vent nous portait, puis nous
sommes revenues, d'une fleur à l'autre. »
« Qu'est-ce que vous avez vu ? » demande
Petite Croix. « Nous avons vu la fleur jaune du
tournesol, la fleur rouge du chardon, la fleur
de l'ocotillo qui ressemble à un serpent à tête
rouge. Nous avons vu la grande fleur mauve
du cactus pitaya, la fleur en dentelle des
carottes sauvages, la fleur pâle du laurier.
Nous avons vu la fleur empoisonnée du sene-

cio, la fleur bouclée de l'indigo, la fleur légère de la sauge rouge. » «Et quoi d'autre?» «Nous avons volé jusqu'aux fleurs lointaines, celle qui brille sur le phlox sauvage, la dévoreuse d'abeilles, nous avons vu l'étoile rouge du silène mexicain, la roue de feu, la fleur de lait. Nous avons volé au-dessus de l'agarita, nous avons bu longuement le nectar de la mille-feuilles, et l'eau de la menthe-citron. Nous avons même été sur la plus belle fleur du monde, celle qui jaillit très haut sur les feuilles en lame de sabre du yucca, et qui est aussi blanche que la neige. Toutes ces fleurs sont pour toi, Petite Croix, nous te les apportons pour te remercier. »

Ainsi parlent les abeilles, et de bien d'autres choses encore. Elles parlent du sable rouge et gris qui brille au soleil, des gouttes d'eau qui s'arrêtent, prisonnières du duvet de l'euphorbe, ou bien en équilibre sur les aiguilles de l'agave. Elles parlent du vent qui souffle au ras du sol et couche les herbes. Elles parlent du soleil qui monte dans le ciel, puis qui redescend, et des étoiles qui percent la nuit.

Elles ne parlent pas la langue des hommes, mais Petite Croix comprend ce qu'elles disent, et les vibrations aiguës de leurs milliers d'ailes font apparaître des taches et des étoiles et des fleurs sur ses rétines. Les abeilles savent tant

de choses! Petite Croix ouvre bien les mains
pour qu'elles puissent manger les derniers
grains de sucre, et elle leur chante aussi une
chanson, en ouvrant à peine les lèvres, et sa
voix ressemble alors au bourdonnement des
insectes :

> «Abeilles, abeilles,
> abeilles bleues du ciel
> emmenez-moi en volant
> emmenez-moi en volant
> en volant
> dans votre troupeau.»

Il y a encore du silence, long temps de
silence, quand les abeilles sont parties.

Le vent froid souffle sur le visage de Petite
Croix, et elle tourne un peu la tête pour respirer. Ses mains sont jointes sur son ventre
sous la couverture, et elle reste immobile, en
angle bien droit avec la terre dure. Qui va
venir maintenant? Le soleil est haut dans le
ciel bleu, il marque des ombres sur le visage
de la petite fille, sous son nez, sous les arcades
sourcilières.

Petite Croix pense au soldat qui est sûrement en marche pour venir, à présent. Il doit
marcher le long de l'étroit sentier qui gravit le
promontoire jusqu'au vieux village aban-

donné. Petite Croix écoute, mais elle n'entend pas les bruits de ses pas. D'ailleurs les chiens n'ont pas aboyé. Ils dorment encore dans de vieux coins de murs, le nez dans la poussière.

Le vent siffle et gémit sur les pierres, sur la terre dure. Ce sont de longs animaux rapides, des animaux au long nez et aux oreilles petites qui bondissent dans la poussière en faisant un bruit léger. Petite Croix connaît bien les animaux. Ils sortent de leurs tanières, à l'autre bout de la vallée, et ils courent, ils galopent, ils s'amusent à sauter par-dessus les torrents, les ravins, les crevasses. De temps en temps, ils s'arrêtent, haletants, et la lumière brille sur leur pelage doré. Puis ils recommencent leurs bonds dans le ciel, leur chasse insensée, ils frôlent Petite Croix, ils bousculent ses cheveux et ses vêtements, leurs queues fouettent l'air en sifflant. Petite Croix tend les bras, pour essayer de les arrêter, pour les attraper par leur queue.

« Arrêtez ! Arrêtez-vous ! Vous allez trop vite ! Arrêtez-vous ! »

Mais les animaux ne l'écoutent pas. Ils s'amusent à bondir tout près d'elle, à glisser entre ses bras, ils soufflent leur haleine sur son visage. Ils se moquent d'elle. Si elle pouvait en attraper un, rien qu'un, elle ne le lâcherait plus. Elle sait bien ce qu'elle ferait. Elle sauterait sur son dos, comme sur un cheval, elle serrerait très fort ses bras autour de son cou, et waoh yap! d'un seul bond l'animal l'emporterait jusqu'au milieu du ciel. Elle volerait, elle courrait avec lui, si vite que personne ne pourrait la voir. Elle irait haut pardessus les vallées et les montagnes, par-dessus les villes, jusqu'à la mer même, elle irait tout le temps dans le bleu du ciel. Ou bien elle glisserait au ras de la terre, dans les branches des arbres et sur l'herbe en faisant son bruit très doux comme l'eau qui coule. Ce serait bien.

Mais Petite Croix ne peut jamais saisir un animal. Elle sent la peau fluide qui glisse entre ses doigts, qui tourbillonne dans ses vêtements et ses cheveux. Parfois les animaux sont très lents et froids comme les serpents.

Il n'y a personne en haut du promontoire. Les enfants du village ne viennent plus ici, sauf de temps en temps, pour chasser les couleuvres. Un jour, ils sont venus sans que Petite Croix les entende. L'un d'eux a dit : «On t'a apporté un cadeau.» «Qu'est-ce que c'est?» a demandé Petite Croix. «Ouvre tes mains, tu vas savoir», a dit l'enfant. Petite Croix a ouvert les mains, et quand l'enfant a déposé la couleuvre dans ses mains, elle a tressailli, mais elle n'a pas crié. Elle a frissonné de la tête aux pieds. Les enfants ont ri, mais Petite Croix a laissé simplement le serpent glisser par terre, sans rien dire, puis elle a caché ses mains sous sa couverture.

Maintenant, ils sont ses amis, tous ceux qui glissent sans faire de bruit sur la terre dure, ceux aux longs corps froids comme l'eau, les serpents, les orvets, les lézards. Petite Croix sait leur parler. Elle les appelle doucement, en sifflant entre ses dents, et ils viennent vers elle. Elle ne les entend pas venir, mais elle sait qu'ils s'approchent, par reptations, d'une faille à l'autre, d'un caillou à l'autre, et ils dressent leur tête pour mieux entendre le sifflement doux, et leur gorge palpite.

> « Serpents,
> serpents »,

chante aussi Petite Croix. Ils ne sont pas tous des serpents, mais c'est comme cela qu'elle les nomme.

> « Serpents
> serpents
> emmenez-moi en volant
> emmenez-moi en volant. »

Ils viennent, sans doute, ils montent sur ses genoux, ils restent un instant au soleil et elle aime bien leur poids léger sur ses jambes. Puis ils s'en vont soudain, parce qu'ils ont peur, quand le vent souffle, ou bien quand la terre craque.

Petite Croix écoute le bruit des pas du soldat. Il vient chaque jour à la même heure, quand le soleil brûle bien en face et que la terre dure est tiède sous les mains. Petite Croix ne l'entend pas toujours arriver, parce qu'il marche sans faire de bruit sur ses semelles de caoutchouc. Il s'assoit sur un caillou, à côté d'elle, et il la regarde un bon moment sans rien dire. Mais Petite Croix sent son regard posé sur elle, et elle demande :

«Qui est là?»

C'est un étranger, il ne parle pas bien la langue du pays, comme ceux qui viennent des grandes villes, près de la mer. Quand Petite Croix lui a demandé qui il était, il a dit qu'il était soldat, et il a parlé de la guerre qu'il y avait eu autrefois, dans un pays lointain. Mais peut-être qu'il n'est plus soldat maintenant.

Quand il arrive, il lui porte quelques fleurs sauvages qu'il a cueillies en marchant le long du sentier qui monte jusqu'en haut de la falaise. Ce sont des fleurs maigres et longues, avec des pétales écartés, et qui sentent comme les moutons. Mais Petite Croix les aime bien, et elle les serre dans ses mains.

«Que fais-tu?» demande le soldat.

«Je regarde le ciel», dit Petite Croix. «Il est très bleu aujourd'hui, n'est-ce pas?»

«Oui», dit le soldat.

Petite Croix répond toujours ainsi, parce qu'elle ne peut pas oublier sa question. Elle tourne son visage un peu vers le haut, puis elle passe lentement ses mains sur son front, ses joues, ses paupières.

«Je crois que je sais ce que c'est», dit-elle.

«Quoi?»

«Le bleu. C'est très chaud sur mon visage.»

«C'est le soleil», dit le soldat.

Il allume une cigarette anglaise, et il fume sans se presser, en regardant droit devant lui. L'odeur du tabac enveloppe Petite Croix et lui fait tourner un peu la tête.

«Dites-moi... Racontez-moi.»

Elle demande toujours cela. Le soldat lui parle doucement, en s'interrompant de temps en temps pour tirer sur sa cigarette.

«C'est très beau», dit-il. «D'abord il y a une grande plaine avec des terrains jaunes, ça doit être du maïs sur pied, je crois bien. Il y a un sentier de terre rouge qui va tout droit au milieu des champs, et une cabane de bois...»

«Est-ce qu'il y a un cheval?» demande Petite Croix.

«Un cheval? Attends... Non, je ne vois pas de cheval.»

«Alors ce n'est pas la maison de mon oncle.»

«Il y a un puits, près de la cabane, mais il est sec je crois bien... Des rochers noirs qui ont une drôle de forme, on dirait des chiens couchés... Plus loin il y a la route, et les poteaux télégraphiques. Après il y a un *wash*, mais il doit être sec parce qu'on voit les cailloux au fond... Gris, plein de rocaille et de poussière... Après, c'est la grande plaine qui va loin, loin, jusqu'à l'horizon, à la troisième mesa. Il y a des collines vers l'est, mais partout ailleurs, la plaine est bien plate et lisse comme un champ d'aviation. À l'ouest, il y a les montagnes, elles sont rouge sombre et noires, on dirait aussi des animaux endormis, des éléphants...»

«Elles ne bougent pas?»

«Non, elles ne bougent pas, elles dorment pendant des milliers d'années, sans bouger.»

«Ici aussi, la montagne dort?» demande Petite Croix. Elle pose ses mains à plat sur la terre dure.

«Oui, elle dort aussi.»

«Mais quelquefois elle bouge», dit Petite Croix.

«Elle bouge un peu, elle se secoue un peu, et puis elle se rendort.»

Le soldat ne dit rien pendant un moment. Petite Croix est bien en face du paysage pour sentir ce qu'a raconté le soldat. La grande plaine est longue et douce contre sa joue, mais les ravins et les sentiers rouges la brûlent un peu, et la poussière gerce ses lèvres.

Elle redresse le visage et elle sent la chaleur du soleil.

«Qu'est-ce qu'il y a en haut?» demande Petite Croix.

«Dans le ciel?»

«Oui.»

«Eh bien...», dit le soldat. Mais il ne sait pas raconter cela. Il plisse les yeux à cause de la lumière du soleil.

«Est-ce qu'il y a beaucoup de bleu aujourd'hui?»

«Oui, le ciel est très bleu.»

«Il n'y a pas de blanc du tout?»

«Non, pas le moindre point blanc.»

Petite Croix tend ses mains en avant.

«Oui, il doit être très bleu, il brûle si fort aujourd'hui, comme le feu.»

Elle baisse la tête parce que la brûlure lui fait mal.

«Est-ce qu'il y a du feu dans le bleu?» demande Petite Croix.

Le soldat n'a pas l'air de bien comprendre.
«Non...», dit-il enfin. «Le feu est rouge, pas
bleu.»

«Mais le feu est caché», dit Petite Croix.
«Le feu est caché tout au fond du bleu du ciel,
comme un renard, et il regarde vers nous, il
regarde et ses yeux sont brûlants.»

«Tu as de l'imagination», dit le soldat. Il rit
un peu, mais il scrute le ciel, lui aussi, avec sa
main en visière devant ses yeux.

«Ce que tu sens, c'est le soleil.»

«Non, le soleil n'est pas caché, il ne brûle
pas de cette façon-là», dit Petite Croix. «Le
soleil est doux, mais le bleu, c'est comme les
pierres du four, ça fait mal sur la figure.»

Tout à coup, Petite Croix pousse un léger
cri, et sursaute.

«Qu'y a-t-il?» demande le soldat.

La petite fille passe ses mains sur son visage
et geint un peu. Elle courbe sa tête vers le sol.

«Elle m'a piquée...», dit-elle.

Le soldat écarte les cheveux de Petite Croix
et passe le bout de ses doigts durcis sur sa
joue.

«Qu'est-ce qui t'a piquée? Je ne vois rien...»

«Une lumière... Une guêpe», dit Petite
Croix.

«Il n'y a rien, Petite Croix», dit le soldat.
«Tu as rêvé.»

Ils restent un bon moment sans rien dire. Petite Croix est toujours assise en équerre sur la terre dure, et le soleil éclaire son visage couleur de bronze. Le ciel est calme, comme s'il suspendait son souffle.

«Est-ce qu'on ne voit pas la mer aujourd'hui?» demande Petite Croix.

Le soldat rit.

«Ah non! C'est beaucoup trop loin d'ici.»

«Ici, il n'y a que les montagnes?»

«La mer, c'est à des jours et des jours d'ici. Même en avion, il faudrait des heures avant de la voir.»

Petite Croix voudrait bien la voir quand même. Mais c'est difficile, parce qu'elle ne sait pas comment est la mer. Bleue, bien sûr, mais comment?

«Est-ce qu'elle brûle comme le ciel, ou est-ce qu'elle est froide comme l'eau?»

«Ça dépend. Quelquefois, elle brûle les yeux comme la neige au soleil. Et d'autres fois, elle est triste et sombre, comme l'eau des puits. Elle n'est jamais pareille.»

«Et vous aimez mieux quand elle est froide ou quand elle brûle?»

«Quand il y a des nuages très bas, et qu'elle est toute tachée d'ombres jaunes qui avancent sur elle comme de grandes îles d'algues, c'est comme cela que je la préfère.»

Petite Croix se concentre, et elle sent sur son visage quand les nuages bas passent au-dessus de la mer. Mais c'est seulement quand le soldat est là qu'elle peut imaginer tout cela. C'est peut-être parce qu'il a tellement regardé la mer, autrefois, qu'elle sort un peu de lui et se répand autour de lui.

«La mer, ça n'est pas comme ici», dit encore le soldat. «C'est vivant, c'est comme un très grand animal vivant. Ça bouge, ça saute, ça change de forme et d'humeur, ça parle tout le temps, ça ne reste pas une seconde sans rien faire, et tu ne peux pas t'ennuyer avec elle.»

«C'est méchant?»

«Parfois, oui, elle attrape des gens, des bateaux, elle les avale, hop! Mais c'est seulement les jours où elle est très en colère, et il vaut mieux rester chez soi.»

«J'irai voir la mer», dit Petite Croix.

Le soldat la regarde un instant sans rien dire.

«Je t'emmènerai», dit-il ensuite.

«Est-ce qu'elle est plus grande que le ciel?» demande Petite Croix.

«Ce n'est pas pareil. Il n'y a rien de plus grand que le ciel.»

Comme il en a assez de parler, il allume une autre cigarette anglaise et il recommence à

fumer. Petite Croix aime bien l'odeur douce
du tabac. Quand le soldat a presque fini sa
cigarette, il la donne à Petite Croix pour
qu'elle prenne quelques bouffées avant de
l'éteindre. Petite Croix fume en respirant très
fort. Quand le soleil est très chaud et que le
bleu du ciel brûle, la fumée de la cigarette fait
un écran très doux, et fait siffler le vide dans
sa tête, comme si elle tombait du haut de la
falaise.

Quand elle a fini la cigarette, Petite Croix la
jette devant elle, dans le vide.

«Est-ce que vous savez voler?» demande-
t-elle.

Le soldat rit à nouveau.

«Comment cela, voler?»

«Dans le ciel, comme les oiseaux.»

«Personne ne sait faire cela, voyons.»

Puis tout d'un coup, il entend le bruit de
l'avion qui traverse la stratosphère, si haut
qu'on ne voit qu'un point d'argent au bout du
long sillage blanc qui divise le ciel. Le bruit
des turboréacteurs se répercute avec retard sur
la plaine et dans les creux des torrents, pareil
à un tonnerre lointain.

«C'est un Stratofortress, il est haut», dit le
soldat.

«Où est-ce qu'il va?»

«Je ne sais pas.»

Petite Croix tend son visage vers le haut du ciel, elle suit la progression lente de l'avion. Son visage est assombri, ses lèvres sont serrées, comme si elle avait peur, ou mal.

«Il est comme l'épervier», dit-elle. «Quand l'épervier passe dans le ciel, je sens son ombre, très froide, elle tourne lentement, lentement, parce que l'épervier cherche une proie.»

«Alors, tu es comme les poules. Elles se serrent quand l'épervier passe au-dessus d'elles!» Le soldat plaisante, et pourtant il sent cela, lui aussi, et le bruit des réacteurs dans la stratosphère fait battre son cœur plus vite.

Il voit le vol du Stratofortress au-dessus de la mer, vers la Corée, pendant des heures longues; les vagues sur la mer ressemblent à des rides, le ciel est lisse et pur, bleu sombre au zénith, bleu turquoise à l'horizon, comme si le crépuscule n'en finissait jamais. Dans les soutes de l'avion géant, les bombes sont rangées les unes à côté des autres, la mort en tonnes.

Puis l'avion s'éloigne vers son désert, lentement, et le vent balaie peu à peu le sillage blanc de la condensation. Le silence qui suit est lourd, presque douloureux, et le soldat doit faire un effort pour se lever de la pierre sur laquelle il est assis. Il reste un instant debout, il regarde la petite fille assise en équerre sur la terre durcie.

«Je m'en vais», dit-il.

«Revenez demain», dit Petite Croix.

Le soldat hésite à dire qu'il ne reviendra pas demain, ni après ni aucun autre jour peut-être, parce qu'il doit s'envoler lui aussi vers la Corée. Mais il n'ose rien dire, il répète seulement encore une fois, et sa voix est maladroite :

«Je m'en vais.»

Petite Croix écoute le bruit de ses pas qui s'éloignent sur le chemin de terre. Puis le vent revient, froid maintenant, et elle tremble un peu sous sa couverture de laine. Le soleil est bas, presque à l'horizontale, sa chaleur vient par bouffées, comme une haleine.

Maintenant, c'est l'heure où le bleu s'amincit, se résorbe. Petite Croix sent cela sur ses lèvres gercées, sur ses paupières, au bout de ses doigts. La terre elle-même est moins dure comme si la lumière l'avait traversée, usée.

À nouveau, Petite Croix appelle les abeilles, ses amies, les lézards aussi, les salamandres ivres de soleil, les insectes-feuilles, les insectes-brindilles, les fourmis en colonnes serrées. Elle les appelle tous, en chantant la chanson que lui a enseignée le vieux Bahti,

« Animaux, animaux,
emmenez-moi
emmenez-moi en volant
emmenez-moi en volant
dans votre troupeau. »

Elle tend les mains en avant, pour retenir l'air et la lumière. Elle ne veut pas s'en aller. Elle veut que tout reste, que tout demeure, sans retourner dans ses cachettes.

C'est l'heure où la lumière brûle et fait mal, la lumière qui jaillit du fond de l'espace bleu. Petite Croix ne bouge pas, et la peur grandit en elle. À la place du soleil il y a un astre très bleu qui regarde, et son regard appuie sur le front de Petite Croix. Il porte un masque d'écailles et de plumes, il vient en dansant, en frappant la terre de ses pieds, il vient en volant comme l'avion et l'épervier, et son ombre recouvre la vallée comme un manteau.

Il est seul, Saquasohuh comme on l'appelle, et il marche vers le village abandonné, sur sa route bleue dans le ciel. Son œil unique regarde Petite Croix, d'un regard terrible qui brûle et glace en même temps.

Petite Croix le connaît bien. C'est lui qui l'a piquée tout à l'heure comme une guêpe, à travers l'immensité du ciel vide. Chaque jour, à la même heure, quand le soleil décline et que

les lézards rentrent dans leurs fissures de
roche, quand les mouches deviennent lourdes
et se posent n'importe où, alors il arrive.

Il est comme un guerrier géant, debout de
l'autre côté du ciel, et il regarde le village de
son terrible regard qui brûle et qui glace. Il
regarde Petite Croix dans les yeux, comme
jamais personne ne l'a regardée.

Petite Croix sent la lumière claire, pure et
bleue qui va jusqu'au fond de son corps
comme l'eau fraîche des sources et qui l'enivre. C'est une lumière douce comme le vent
du sud, qui apporte les odeurs des plantes et
des fleurs sauvages.

Maintenant, aujourd'hui, l'astre n'est plus
immobile. Il avance lentement à travers le ciel,
en planant, en volant, comme le long d'un
fleuve puissant. Son regard clair ne quitte pas
les yeux de Petite Croix, et brille d'une lueur
si intense qu'elle doit se protéger avec ses deux
mains.

Le cœur de Petite Croix bat très vite. Jamais
elle n'a rien vu de plus beau.

«Qui es-tu?» crie-t-elle.

Mais le guerrier ne répond pas. Saquasohuh
est debout sur le promontoire de pierre,
devant elle.

D'un seul coup, Petite Croix comprend
qu'il est l'étoile bleue qui vit dans le ciel, et

qui est descendue sur la terre pour danser sur la place du village.

Elle veut se lever et partir en courant, mais la lumière qui sort de l'œil de Saquasohuh est en elle et l'empêche de bouger. Quand le guerrier commencera sa danse, les hommes et les femmes et les enfants commenceront à mourir dans le monde. Les avions tournent lentement dans le ciel, si haut qu'on les entend à peine, mais ils cherchent leur proie. Le feu et la mort sont partout, autour du promontoire, la mer elle-même brûle comme un lac de poix. Les grandes villes sont embrasées par la lumière intense qui jaillit du fond du ciel. Petite Croix entend les roulements du tonnerre, les déflagrations, les cris des enfants, les cris des chiens qui vont mourir. Le vent tourne sur lui-même de toutes ses forces, et ce n'est plus une danse, c'est comme la course d'un cheval fou.

Petite Croix met les mains devant ses yeux. Pourquoi les hommes veulent-ils cela ? Mais il est trop tard, déjà, peut-être, et le géant de l'étoile bleue ne retournera pas dans le ciel. Il est venu pour danser sur la place du village, comme le vieux Bahti a dit qu'il avait fait à Hotevilla, avant la grande guerre.

Le géant Saquasohuh hésite, debout devant la falaise, comme s'il n'osait pas entrer. Il regarde Petite Croix et la lumière de son regard entre et brûle si fort l'intérieur de sa tête qu'elle ne peut plus tenir. Elle crie, se met debout d'un bond, et reste immobile, les bras rejetés derrière elle, le souffle arrêté dans sa gorge, le cœur serré, car elle vient de voir soudain, comme si l'œil unique du géant s'était ouvert démesurément, le ciel bleu devant elle.

Petite Croix ne dit rien. Les larmes emplissent ses paupières, parce que la lumière du soleil et du bleu est trop forte. Elle chancelle au bord de la falaise de terre dure, elle voit l'horizon tourner lentement autour d'elle, exactement comme le soldat avait dit, la grande plaine jaune, les ravins sombres, les chemins rouges, les silhouettes énormes des mesas. Puis elle s'élance, elle commence à courir dans les rues du village abandonné, dans l'ombre et la lumière, sous le ciel, sans pousser un seul cri.

Les bergers

1

La route droite et longue traversait le pays des dunes. Il n'y avait rien d'autre ici que le sable, les arbustes épineux, les herbes sèches qui craquent sous les pieds et, par-dessus tout cela, le grand ciel noir de la nuit. Dans le vent, on entendait distinctement tous les bruits, les bruits mystérieux de la nuit qui effraient un peu. Des sortes de petits craquements, que font les pierres qui se resserrent, les crissements du sable sous les semelles des chaussures, les brindilles qui se cassent. La terre paraissait immense à cause de ces bruits, à cause du ciel noir aussi et des étoiles qui brillaient d'un éclat fixe. Le temps paraissait immense, très lent, avec par instants de drôles d'accélérations incompréhensibles, des vertiges, comme si on traversait le courant d'un fleuve. On marchait dans l'espace, comme suspendu dans le vide parmi les amas d'étoiles.

De tous les côtés venaient les bruits des insectes, un grincement continu qui résonnait dans le ciel. C'était peut-être le bruit des étoiles, les messages stridents venus du vide. Il n'y avait pas de lumières sur la terre, sauf les lucioles qui zigzaguaient au-dessus de la route. Dans la nuit aussi noire que le fond de la mer, les pupilles dilatées cherchaient la moindre source de clarté.

Tout était aux aguets. Les animaux du désert couraient entre les dunes, les lièvres des sables, les rats, les serpents. Le vent soufflait parfois de la mer, et on entendait le gronde-ment des vagues qui déferlaient sur la côte. Le vent poussait les dunes. Dans la nuit elles lui-saient faiblement, pareilles à des voiles de bateau. Le vent soufflait, il soulevait des nuages de sable qui brûlaient la peau du visage et des mains.

Il n'y avait personne, et pourtant l'on sen-tait partout la présence de la vie, des regards. C'était comme d'être la nuit dans une grande ville endormie, et de marcher devant toutes ces fenêtres qui cachent les gens.

Les bruits résonnaient ensemble. Dans la nuit ils étaient plus forts, plus précis. Le froid rendait la terre vibrante, sonore, grandes éten-dues de sable chantonnantes, grandes dalles de pierre qui parlaient. Les insectes crissaient, et aussi les scorpions, les mille-pattes, les serpents du désert. De temps en temps on entendait la mer, le grondement sourd des vagues de l'océan qui venaient s'effondrer sur le sable de la plage. Le vent apportait la voix de la mer, jusqu'ici, par bouffées, avec un peu d'embruns.

Où est-ce qu'on était, maintenant? Il n'y avait pas de points de repère. Seulement les dunes, les rangées de dunes, l'étendue invisible du sable où tremblotaient les touffes d'herbe, où cliquetaient les feuilles des arbustes, tout cela, à perte de vue. Pas très loin, pourtant, il y avait sûrement les maisons, la ville plate, les réverbères, les phares des camions. Mais maintenant on ne savait plus où c'était. Le vent froid avait tout balayé, tout lavé, tout usé avec ses grains de sable.

Le grand ciel noir était absolument lisse, dur, percé de petites lumières lointaines. C'était le froid qui commandait sur ce pays, qui faisait entendre sa voix.

Peut-être que là où on allait, on ne pourrait plus revenir en arrière, jamais. Peut-être que le vent recouvrait vos traces, comme cela, avec son sable, et qu'il fermait tous les chemins derrière vous. Puis les dunes se mouvaient lentement, imperceptiblement, pareilles aux longues lames de la mer. La nuit vous enve-

loppait. Elle vidait votre tête, elle vous faisait
tourner en rond. Le bruit rugissant de la mer
arrivait comme à travers le brouillard. Les
grincements des insectes s'éloignaient, revenaient, repartaient, jaillissaient de tous les
côtés à la fois, et c'étaient la terre entière et le
ciel qui criaient.

Comme la nuit était longue dans ce pays !
Elle était si longue qu'on avait oublié comment c'était quand il faisait jour. Les étoiles
giraient lentement dans le vide, descendaient
vers l'horizon. Parfois, une étoile filante rayait
le ciel. Elle glissait par-dessus les autres, très
vite, puis elle s'éteignait. Les lucioles filaient
aussi dans le vent, s'accrochaient aux branches
des buissons. Elles restaient là, en faisant cli-
gnoter leurs ventres. En haut des dunes, on
voyait le désert qui s'allumait et s'éteignait
sans cesse, de tous côtés.

C'était peut-être à cause de cela qu'on sentait cette présence, ces regards. Et puis il y
avait ces bruits, tous ces bruits étranges et
menus qui vivaient alentour. Les petits animaux inconnus détalaient dans les creux de
sable, entraient dans leurs terriers. On était
chez eux, dans leur pays. Ils lançaient leurs
signaux d'alerte. Les engoulevents volaient
d'un buisson à l'autre. Les gerboises suivaient
leurs chemins minuscules. Entre les dalles de

pierre froide, la couleuvre coulait son corps.
C'étaient eux, les habitants, qui couraient,
s'arrêtaient, cœur palpitant, cou dressé, yeux
fixes. C'était ici leur monde.

Un peu avant l'aube, quand le ciel devenait
gris peu à peu, un chien s'est mis à aboyer, et
les chiens sauvages ont répondu. Ils ont
poussé de longs cris aigus, la tête renversée en
arrière. C'était étrange, cela faisait frissonner
la peau.

Il n'y avait plus de bruits d'insectes à présent. Les pierres ne craquaient plus. Le
brouillard montait de la mer, en suivant le lit
des torrents à sec. Il passait très lentement sur
les dunes, il s'étirait comme de la fumée.

Les étoiles s'effaçaient dans le ciel. Une
lumière faisait une tache, à l'est, au-dessus du
désert. La terre commençait à apparaître, pas
du tout belle, mais grise et terne, parce qu'elle
dormait encore. Les chiens sauvages erraient
entre les dunes, à la recherche de nourriture.
C'étaient de petits chiens maigres avec un dos
arqué et de longues pattes. Ils avaient des
oreilles pointues comme les renards.

La lumière augmentait, on commençait à
distinguer les formes. Il y avait une plaine,
semée de rochers brûlés, et quelques huttes en
pisé avec des toits de palmes. Les huttes
étaient en ruine, probablement abandonnées

depuis des mois, sauf une où vivaient les
enfants. Autour des maisons, c'était la grande
plaine de pierres, les dunes. Derrière les
dunes, la mer. Quelques sentiers traversaient
la plaine ; c'étaient les pieds nus des enfants et
les sabots des chèvres qui les avaient tracés.

Quand le soleil apparut au-dessus de la
terre, loin, à l'est, la lumière fit briller d'un
seul coup la plaine. Le sable des dunes brillait
comme de la poussière de cuivre. Le ciel était
lisse et clair comme de l'eau. Les chiens sauvages s'approchèrent des maisons et du troupeau de chèvres.

C'était ici leur monde, sur la grande étendue de pierres et de sable.

Quelqu'un arrivait le long des sentiers, entre
les dunes. C'était un jeune garçon vêtu
comme les gens de la ville. Il portait sur
l'épaule une veste de lin un peu froissée, et ses
chaussures de toile blanche étaient couvertes
de poussière. De temps en temps il s'arrêtait
et hésitait, parce que les sentiers se divisaient.
Il repérait le bruit de la mer, à sa gauche, puis
il recommençait à marcher. Le soleil était déjà
haut sur l'horizon, mais il ne sentait pas sa
chaleur. La lumière qui se réverbérait sur le
sable l'obligeait à fermer les yeux. Son visage
n'était pas habitué au soleil ; il était rouge par

endroits, sur le front, et surtout sur le nez, où la peau commençait à partir. Le jeune garçon n'était pas très habitué non plus à marcher dans le sable ; cela se voyait à la façon dont il tordait ses chevilles en marchant sur les pentes des dunes.

Quand il arriva devant le mur de pierres sèches, le garçon s'arrêta. C'était un très long mur qui barrait la plaine. À chaque extrémité, le mur disparaissait sous les dunes. Il fallait faire un grand détour pour trouver un passage. Le garçon hésita. Il regarda en arrière, pensant qu'il allait peut-être revenir sur ses pas.

C'est alors qu'il entendit des bruits de voix. Cela venait de l'autre côté du mur, des cris étouffés, des appels. C'étaient des voix d'enfants. Le vent les portait par-dessus la muraille, un peu irréelles, mêlées au grondement de la mer. Les chiens sauvages aboyaient plus fort, parce qu'ils avaient senti la présence du nouveau venu.

Le jeune garçon escalada la muraille et regarda de l'autre côté. Mais il n'aperçut pas les enfants. De ce côté du mur, c'était toujours la même plaine de rochers, les mêmes arbustes et, au loin, la ligne douce des dunes.

Le jeune garçon avait très envie d'aller voir là-bas. Il y avait beaucoup de traces sur le sol, des sentiers, des brisées dans les fourrés qui

indiquaient le passage des gens. Sur les
rochers, le soleil faisait briller les parcelles de
mica.

Le jeune garçon était attiré par cet endroit.
Il sauta du mur et il se sentit plus léger, plus
libre. Il écouta le bruit du vent et de la mer, il
vit les creux où vivent les lézards, les buissons
où les oiseaux font leurs nids.

Il commença à marcher sur la plaine de
pierres. Ici, les arbustes étaient plus hauts.
Certains portaient des baies rouges.

Tout à coup, il s'arrêta, parce qu'il avait
entendu tout près de lui :

«Frrtt! Frrtt!»
un bruit bizarre, comme si on jetait de petits
cailloux sur la terre. Mais personne ne se montrait.

Le jeune garçon recommença à avancer. Il
suivait un petit sentier qui conduisait à un
groupe de rochers, au centre de l'enceinte de
pierres sèches.

Encore une fois, il entendit, tout près de lui :
«Frrtt! Frrtt!»
Cela venait de derrière, maintenant. Mais il
ne vit que la muraille, les buissons, les dunes.
Il n'y avait personne.

Mais le jeune garçon sentait qu'on le regardait. Cela venait de tous les côtés à la fois, un
regard insistant qui le guettait, qui suivait cha-

cun de ses mouvements. Il y avait longtemps
qu'on le regardait ainsi, mais le jeune garçon
venait seulement de s'en rendre compte. Il
n'avait pas peur ; il faisait grand jour maintenant, et d'ailleurs le regard n'avait rien d'ef-
frayant.

Pour voir ce qui allait se passer, le garçon
s'accroupit près d'un buisson et il attendit,
comme s'il cherchait quelque chose par terre.
Au bout d'une minute, il entendit un bruit de
course. Debout, il vit des ombres qui se
cachaient entre les arbustes, et il entendit des
rires étouffés.

Alors il sortit de sa poche un petit miroir, et
il dirigea le reflet dans la direction des
arbustes. Le petit cercle blanc voltigeait, et
semblait enflammer les feuilles sèches.

Soudain, au milieu des branches, le rond
blanc éclaira un visage et fit briller une paire
d'yeux. Le jeune garçon maintint le reflet du
soleil sur le visage, jusqu'à ce que l'inconnu se
lève, ébloui par la lumière.

Ils se levèrent tous les quatre ensemble :
c'étaient des enfants. Le jeune garçon les
regarda avec étonnement. Ils étaient petits,
pieds nus, habillés de vêtements en vieille
toile. Leurs visages étaient couleur de cuivre,
leurs cheveux couleur de cuivre aussi tombaient en larges boucles. Au milieu, il y avait

une petite fille à l'air farouche, vêtue d'une
chemise bleue trop grande pour elle. L'aîné
des quatre enfants tenait dans sa main droite
une longue lanière verte, qui semblait faite de
paille tressée.

Comme le jeune garçon restait immobile,
les enfants s'approchèrent. Ils se parlaient à
mi-voix et riaient, mais le jeune garçon ne
comprenait pas ce qu'ils disaient. Il leur
demanda d'où ils venaient, et qui ils étaient,
mais les enfants secouèrent la tête et continuèrent à rire un peu.

Avec une voix un peu enrouée, le jeune garçon dit :

«Je m'appelle — Gaspar.»

Les enfants se regardèrent et ils éclatèrent
de rire. Ils répétaient :

«Gach Pa! Gach Pa!»

comme cela, avec des voix aiguës. Et ils riaient
comme s'ils n'avaient jamais rien entendu de
plus comique.

«Qu'est-ce que c'est?» dit Gaspar. Il prit
dans sa main la lanière verte que tenait l'aîné
des enfants. Le garçon se baissa et ramassa
une petite pierre par terre. Il la plaça dans le
creux de la lanière et la fit tournoyer au-dessus de sa tête. Il ouvrit la main, la lanière se
détendit et le caillou fila haut dans le ciel en
sifflant. Gaspar essaya de le suivre des yeux,

mais le caillou disparut dans l'air. Quand il retomba sur la terre, à vingt mètres, un petit nuage de poussière montra l'endroit qu'il avait frappé.

Les autres enfants crièrent et battirent des mains. L'aîné tendit la lanière à Gaspar et dit :

« Goum ! »

Le jeune garçon choisit à son tour un caillou sur le sol et il le plaça dans la boucle de la fronde. Mais il ne savait pas tenir la lanière. L'enfant aux cheveux couleur de cuivre lui montra comment glisser l'extrémité de la lanière autour de son poignet et replia les doigts de Gaspar sur l'autre extrémité. Puis il se recula un peu et il dit encore :

« Goum ! Goum ! »

Gaspar commença à faire tournoyer son bras au-dessus de sa tête. Mais la lanière était lourde et longue, et c'était beaucoup moins facile qu'il l'avait cru. Il fit tournoyer plusieurs fois la lanière, de plus en plus vite, et au moment où il s'apprêtait à ouvrir la main, il fit un faux mouvement. La tresse siffla et cingla son dos, si fort qu'elle déchira sa chemise.

Gaspar avait mal et il était en colère, mais les enfants riaient tant qu'il ne put s'empêcher de rire, lui aussi. Les enfants battaient des mains et criaient :

« Gach Pa ! Gach Paaa ! »

Ensuite ils s'assirent par terre. Gaspar montra son petit miroir. L'aîné des enfants s'amusa un instant avec le reflet du soleil, puis il se regarda dans le miroir.

Gaspar aurait bien voulu connaître leurs noms. Mais les enfants ne parlaient pas sa langue. Ils parlaient une drôle de langue, volubile et un peu rauque, qui faisait une musique qui allait bien avec le paysage de pierres et de dunes. C'était comme les craquements des pierres dans la nuit, comme les cliquetis des feuilles sèches, comme le bruit du vent sur le sable.

Seule la petite fille restait un peu à l'écart. Elle était assise sur ses talons, les genoux et les pieds couverts par sa grande chemise bleue. Ses cheveux étaient couleur de cuivre rose et tombaient en boucles épaisses sur ses épaules. Elle avait des yeux très noirs, comme les garçons, mais plus brillants encore. Il y avait une drôle de lumière dans ses yeux, comme un sourire qui ne voulait pas trop se montrer. L'aîné montra la petite fille à Gaspar et il répéta plusieurs fois :

«Khaf... Khaf...Khaf...»

Alors Gaspar l'appela ainsi : Khaf. C'était un nom qui lui allait bien.

Le soleil brillait fort, maintenant. Il allumait toutes ses étincelles sur les rochers aigus, de

petits éclairs clignotants, comme s'il y avait eu
des miroirs.

Le bruit de la mer avait cessé, parce que le
vent soufflait maintenant de l'intérieur des
terres, du désert. Les enfants restaient assis.
Ils regardaient du côté des dunes en plissant
les yeux. Ils semblaient attendre.

Gaspar se demandait comment ils vivaient
ici, loin de la ville. Il aurait bien aimé poser des
questions à l'aîné des garçons, mais ce n'était
pas possible. Même s'ils avaient parlé le même
langage, Gaspar n'aurait pas osé lui poser
des questions. C'était comme ça. C'était un
endroit où on ne devait pas poser de questions.

Quand le soleil était en haut du ciel, les
enfants partaient rejoindre le troupeau. Sans
rien dire à Gaspar, ils partirent dans la direction des grands rochers brûlés, là-bas, à l'est,
en marchant à la file indienne le long du sentier étroit.

Gaspar les regarda partir, assis sur le tas de
pierres. Il se demandait ce qu'il fallait faire.
Peut-être qu'il fallait retourner en arrière et
revenir vers la route, vers les maisons de la
ville, vers les gens qui l'attendaient, là-bas, de
l'autre côté de la muraille et des dunes.

Quand les enfants furent assez loin, à peine
grands comme des insectes noirs sur la plaine

des rochers, l'aîné se retourna vers Gaspar. Il
fit tournoyer sa fronde d'herbe au-dessus de sa
tête. Gaspar ne vit rien venir, mais il entendit
un sifflement près de son oreille, et le caillou
frappa derrière lui. Il se redressa, sortit son
petit miroir et lança un reflet vers les enfants.

« Haa-hou-haa ! »

Les enfants crièrent avec leur voix aiguë. Ils
faisaient des signes avec la main. Seule la
petite Khaf continuait à marcher sans se
retourner le long du sentier.

Gaspar bondit et se mit à courir de toutes
ses forces à travers la plaine, sautant par-dessus les pierres et les buissons. En quelques
secondes il rejoignit les enfants, et ensemble
ils continuèrent leur route.

Il faisait très chaud maintenant. Gaspar
avait ouvert sa chemise et roulé ses manches.
Pour se protéger du soleil, il mit la veste de
toile sur sa tête. L'air brûlant était traversé par
des essaims de mouches minuscules qui bour-
donnaient autour des cheveux des enfants. Le
soleil dilatait les pierres et faisait crépiter les
branches des arbustes. Le ciel était absolument pur, mais à présent il avait une couleur
pâle de gaz surchauffé.

Gaspar marchait derrière l'aîné des enfants,
les yeux à demi fermés à cause de la lumière.
Personne ne parlait. La chaleur avait séché les

gorges. Gaspar avait respiré par la bouche, et sa gorge était si douloureuse qu'il étouffait. Il s'arrêta et il dit à l'aîné :

« J'ai soif... »

Il répéta plusieurs fois en montrant sa gorge. Le garçon secoua la tête. Il n'avait peut-être pas compris. Gaspar vit que les enfants n'étaient plus comme tout à l'heure. Maintenant ils avaient des visages durcis. La peau de leurs joues était rouge sombre, d'une couleur qui ressemblait à la terre. Leurs yeux aussi étaient sombres, ils brillaient d'un dur éclat minéral.

La petite Khaf s'approcha. Elle fouilla dans les poches de sa chemise bleue, et elle en sortit une poignée de graines qu'elle tendit à Gaspar. C'étaient des graines semblables à des fèves, vertes et poussiéreuses. Dès que Gaspar en mit une dans sa bouche, cela le brûla comme du poivre, et aussitôt sa gorge et son nez s'humectèrent.

L'aîné des enfants montra les graines et dit :

« Lula. »

Ils recommencèrent à marcher, et franchirent une première chaîne de collines. De l'autre côté, il y avait une plaine identique à celle d'où ils étaient partis. C'était une grande plaine de rochers, avec de l'herbe qui poussait en son centre.

C'est là que paissait le troupeau.

Il y avait en tout une dizaine de moutons noirs, quelques chèvres, et un grand bouc noir qui se tenait un peu à l'écart. Gaspar s'arrêta pour se reposer, mais les enfants ne l'attendirent pas. Ils descendaient en courant le ravin qui conduisait à la plaine. Ils poussaient de drôles de cris,

« Hawa ! Hahouwa ! »

comme des aboiements. Puis ils sifflaient entre leurs doigts.

Les chiens se levèrent et répondirent :

« Haw ! Haw ! Haw ! Haw ! »

Le grand bouc tressaillit et frappa le sol avec ses sabots. Puis il rejoignit le troupeau et toutes les bêtes s'écartèrent. Un nuage de poussière commençait à tourner autour du troupeau. C'étaient les chiens sauvages qui décrivaient des cercles rapides. Le bouc tournait en même temps qu'eux, la tête baissée, présentant ses deux longues cornes acérées.

Les enfants approchaient en aboyant et en sifflant. L'aîné fit tournoyer sa fronde d'herbe. Chaque fois qu'il ouvrait la main, un caillou frappait une bête dans le troupeau. Les enfants couraient et agitaient leurs bras, sans cesser de crier :

« Ha ! Hawa ! Hawap ! »

Quand le troupeau fut rassemblé autour du

bouc, les enfants éloignèrent les chiens à coups de pierres. Gaspar descendit le ravin à son tour. Un chien sauvage gronda, les crocs à l'air, et Gaspar fit tournoyer sa veste en criant, lui aussi :

« Ha ! Haaa ! »

Il n'avait plus soif à présent. Sa fatigue avait disparu. Il courait sur la plaine de rochers en faisant tournoyer sa veste. Le soleil très haut dans le ciel blanc brillait avec violence. L'air était saturé de poussière, l'odeur des moutons et des chèvres enveloppait tout, pénétrait tout.

Lentement, le troupeau avançait à travers l'herbe jaune, dans la direction des collines. Les bêtes étaient serrées les unes contre les autres et criaient avec leurs voix plaintives. À l'arrière du troupeau, le bouc marchait lourdement, en baissant parfois ses cornes pointues. L'aîné des enfants le surveillait. Sans s'arrêter, il ramassait un caillou et faisait siffler sa fronde. Le bouc soufflait rageusement, puis bondissait quand le caillou frappait son dos.

L'air fou, les chiens sauvages continuaient à courir autour du troupeau en criant. Les enfants leur répondaient et leur jetaient des pierres. Gaspar faisait comme eux ; son visage était tout gris de poussière, ses cheveux étaient collés par la sueur. Il avait tout oublié, maintenant, tout ce qu'il connaissait avant d'arriver. Les rues de la ville, les salles d'étude sombres, les grands bâtiments blancs de l'internat, les pelouses, tout cela avait disparu comme un mirage dans l'air surchauffé de la plaine déserte.

C'était le soleil surtout qui était cause de ce qui se passait ici. Il était au centre du ciel blanc, et sous lui tournaient les bêtes dans leur nuage de poussière. Les ombres noires des chiens traversaient la plaine, revenaient, repartaient. Les sabots martelaient la terre dure, et cela faisait un bruit qui roulait et grondait comme la mer. Les cris des chiens, les voix des moutons, les appels et les sifflements des enfants n'arrêtaient pas.

Comme cela, lentement, le troupeau commença à franchir la deuxième chaîne de collines, en suivant le lit des torrents. Le sable montait dans l'air et, pris par les rafales de vent, descendait vers la plaine en formant des trombes.

Les ravins devenaient plus étroits, bordés par des buissons épineux. Les moutons laissaient sur leur passage des touffes de poils noirs. Gaspar déchirait ses vêtements aux branches. Ses mains saignaient, mais le vent chaud arrêtait le sang tout de suite. Les enfants escaladaient les collines sans fatigue, mais Gaspar tomba plusieurs fois en glissant sur les cailloux.

Quand ils arrivèrent au sommet, les enfants s'arrêtèrent pour regarder. Gaspar n'avait jamais rien vu d'aussi beau. Devant eux, la plaine et les dunes descendaient lentement par vagues, jusqu'à la limite de l'horizon. C'était une très grande étendue ondoyante, avec de gros blocs de rocher sombres et des monticules de sable rouge et jaune. Tout était très lent, très calme. À l'est, la plaine était dominée par une falaise blanche qui étendait son ombre noire. Entre les collines et les dunes, il y avait une vallée qui serpentait, descendant chaque niveau par une marche. Et au bout de la vallée, au loin, si loin que cela devenait presque irréel, on voyait la terre entre les collines : à peine, grise, bleue, verte, légère comme un nuage, la terre lointaine, la plaine d'herbe et d'eau. Légère, douce, délicate comme la mer vue de loin.

Ici le ciel était grand, la lumière plus belle, plus pure. Il n'y avait pas de poussière. Le vent soufflait par intermittence, le long de la vallée, le vent frais qui vous rendait calme.

Gaspar et les enfants regardaient sans bouger la plaine lointaine, et ils sentaient une sorte de bonheur dans leurs corps. Ils auraient

voulu voler aussi vite que le regard et se poser
là-bas, au centre de la vallée.

Le troupeau n'avait pas attendu les enfants.
Le grand bouc noir à sa tête, il dévalait les
pentes et suivait le ravin. Les chiens sauvages
n'aboyaient plus ; ils trottaient derrière le troupeau.

Gaspar regarda les enfants. Debout sur un
rocher en surplomb, ils contemplaient le paysage sans parler. Le vent agitait leurs vêtements. Leurs visages étaient moins durs. La
lumière jaune brillait sur leurs fronts, dans
leurs cheveux. Même la petite Khaf avait
perdu son air farouche. Elle distribua aux garçons des poignées de graines poivrées. Elle
tendit la main, et montra à Gaspar la vallée
qui miroitait près de l'horizon, et elle dit :

« Genna. »

Les enfants reprirent la route, sur les traces
des moutons. Gaspar marchait le dernier. À
mesure qu'ils redescendaient les collines, la
vallée lointaine disparaissait derrière les
dunes. Mais ils n'avaient plus besoin de la
voir. Ils suivaient le ravin, dans la direction du
soleil levant.

Il faisait moins chaud, déjà. Sans qu'ils s'en
aperçoivent, la journée avait passé. Le ciel
était doré maintenant, et la lumière ne se
réverbérait plus sur les parcelles de mica.

Le troupeau avait une demi-heure d'avance sur les enfants. Quand ils arrivaient au sommet d'un monticule, ils le voyaient qui remontait de l'autre côté, en faisant ébouler les pierres.

Le soleil se coucha vite. Il y eut un bref crépuscule, et l'ombre commença à recouvrir le ravin. Alors les enfants s'assirent dans un creux et ils attendirent la nuit. Gaspar s'installa à côté d'eux. Il avait très soif et sa bouche était enflée à cause des graines poivrées. Il enleva ses chaussures et vit que ses pieds saignaient ; le sable avait pénétré à l'intérieur des chaussures et avait arraché sa peau.

Les enfants allumèrent un feu de brindilles. Puis un des jeunes garçons partit dans la direction du troupeau. À la nuit, il revint en portant une outre pleine de lait. À tour de rôle, les enfants burent. La petite Khaf but la dernière, et elle apporta l'outre à Gaspar. Gaspar but trois longues gorgées. Le lait était doux et tiède, et cela calma tout de suite l'ardeur de sa bouche et de sa gorge.

Le froid arriva. Il sortait de la terre, comme le souffle d'une cave. Gaspar s'approcha du feu et s'allongea dans le sable. À côté de lui, la petite Khaf dormait déjà, et Gaspar étendit sur elle sa veste de toile. Puis, les yeux fermés, il écouta les bruits du vent. Cela faisait avec les craquements du feu une bonne musique pour s'endormir. On entendait aussi, au loin, les bêlements des chèvres et des moutons.

L'inquiétude légère réveilla Gaspar. Il ouvrit les yeux, et vit d'abord le ciel noir étoilé qui semblait tout près. La lune pleine, blanche, éclairait comme une lampe. Le feu était éteint, et les enfants dormaient. En tournant la tête, Gaspar vit l'aîné des enfants debout à côté de lui. Abel (Gaspar avait entendu son nom plusieurs fois quand les enfants se parlaient) était immobile, sa longue fronde d'herbe à la main. La lumière de la lune éclairait son visage et brillait dans ses yeux. Gaspar se redressa en se demandant combien de temps il avait dormi. C'était le regard d'Abel qui l'avait réveillé. Le regard d'Abel disait :

«Viens avec moi.»

Gaspar se leva et marcha derrière le garçon. Le froid de la nuit était vif, et cela acheva de le réveiller. Au bout de quelques pas, il s'aperçut qu'il avait oublié de mettre ses chaussures ; mais ses pieds écorchés étaient mieux ainsi, et il continua.

Ensemble, ils escaladèrent la pente du ravin. À la lumière de la lune, les rochers étaient blancs, un peu bleus. Le cœur battant,

Gaspar suivait Abel vers le sommet de la colline. Il ne se demandait même pas où il allait. Quelque chose de mystérieux l'attirait, quelque chose dans le regard d'Abel peut-être, un instinct qui le guidait, l'aidait à marcher pieds nus sur les cailloux coupants, sans faire de bruit. Devant lui, la silhouette svelte d'Abel bondissait d'un rocher à l'autre, silencieuse et souple comme un chat.

En haut du ravin, ils furent pris par le vent, un vent froid qui coupait la respiration. Abel s'arrêta et examina les alentours. Ils étaient sur une sorte de plateau de pierre. Quelques buissons noirs bougeaient dans le vent. Les dalles lisses luisaient à la lumière lunaire, séparées par des fissures.

Sans bruit, Gaspar rejoignit Abel. Le jeune garçon guettait. Rien ne bougeait sur son visage, excepté les yeux. Malgré le vent qui sifflait, il semblait à Gaspar qu'il entendait le cœur d'Abel battre dans sa poitrine. Il voyait briller le petit nuage de vapeur devant son visage, chaque fois qu'Abel respirait.

Sans quitter des yeux le plateau éclairé, Abel ramassa un caillou et le plaça dans sa fronde d'herbe. Puis, soudain, il fit tournoyer la lanière au-dessus de sa tête. De plus en plus vite, la fronde tournait comme une hélice. Gaspar s'écarta. Il scrutait le plateau lui aussi, examinant chaque pierre, chaque fissure, chaque buisson noir. La fronde tournait en faisant un sifflement continu, d'abord grave et pareil au hurlement du vent, puis aigu comme le bruit d'une sirène.

La musique de la fronde d'herbe paraissait emplir tout l'espace. Tout le ciel résonnait, et la terre, les rochers, les arbustes, les herbes. Cela allait jusqu'à l'horizon, c'était une voix qui appelait. Que voulait-elle? Gaspar ne baissait pas les yeux, il regardait le même point, droit devant lui, sur le plateau lunaire, et ses yeux brûlaient de fatigue et de désir. Le corps d'Abel frissonnait. C'était comme si le sifflement de la fronde d'herbe sortait de lui, par la bouche et par les yeux, pour couvrir la terre et aller jusqu'au fond du ciel noir.

Tout d'un coup, quelqu'un apparut sur le plateau de pierre. C'était un grand lièvre du désert, couleur de sable. Il était debout sur ses pattes, ses longues oreilles dressées. Ses yeux brillaient comme de petits miroirs tandis qu'il regardait vers les enfants. Le lièvre resta immobile, figé au bord de la dalle de pierre, écoutant la musique de la fronde d'herbe.

Il y eut le claquement de la lanière et le lièvre se coucha sur le côté, car la pierre l'avait frappé exactement entre les deux yeux.

Abel se tourna vers son compagnon et le

regarda. Son visage était éclairé de contente-
ment. Ensemble les enfants coururent pour
ramasser le lièvre. Abel sortit un petit couteau
de sa poche, et sans hésiter il trancha la gorge
de l'animal, puis il le maintint par les pattes
arrière pour qu'il se vide de son sang. Il donna
le lièvre à Gaspar, et avec ses deux mains il
arracha la peau jusqu'à la tête. Ensuite il
l'éventra et il arracha les entrailles qu'il jeta
dans une crevasse.

Ils redescendirent vers le ravin. En passant
près d'un arbuste, Abel choisit une longue
branche qu'il émonda avec son couteau.

Quand ils rejoignirent le campement, Abel
réveilla les enfants. Ils rallumèrent le feu avec
de nouvelles brindilles. Abel embrocha le
lièvre sur la branche et il s'accroupit près du
feu pour le faire rôtir. Quand le lièvre fut cuit,
Abel le partagea avec ses doigts. Il tendit une
cuisse à Gaspar et garda l'autre pour lui.

Les enfants mangèrent rapidement, et ils
jetèrent les os aux chiens sauvages. Puis ils se
recouchèrent autour des braises et ils s'endor-
mirent. Gaspar resta quelques minutes, les
yeux ouverts à regarder la lune blanche qui
ressemblait à un phare au-dessus de l'horizon.

2

Il y avait plusieurs jours maintenant que les enfants vivaient à Genna. Ils étaient arrivés là un peu avant le coucher du soleil, ils étaient entrés dans la vallée en même temps que le troupeau. Tout à coup, au détour du chemin, ils avaient vu la grande plaine verte qui brillait doucement, et ils s'étaient arrêtés un instant, sans pouvoir bouger, tellement c'était beau.

C'était vraiment beau ! Devant eux, l'espace d'herbes hautes ondulait dans le vent, et les arbres se balançaient, beaucoup d'arbres élancés, aux troncs noirs et aux larges frondaisons vertes, des amandiers, des peupliers, des lauriers géants ; il y avait aussi de hauts palmiers dont les feuilles bougeaient. Autour de la plaine, les collines de pierres étendaient leur ombre, et du côté de la mer, les dunes de sable étaient couleur d'or et de cuivre. C'était ici que le troupeau arrivait, c'était leur terre.

Les enfants regardaient l'herbe sans bouger,
comme s'ils n'osaient pas y marcher. Au
centre de la plaine, entouré de palmiers, le lac
brillait comme un miroir, et Gaspar sentit une
vibration dans son corps. Il se retourna et
regarda les enfants. Leurs visages étaient éclai-
rés par la lumière douce qui venait de la plaine
d'herbe. Les yeux de la petite Khaf n'étaient
plus sombres ; ils étaient devenus transpa-
rents, couleur d'herbe et d'eau.

C'est elle qui partit la première. Elle jeta ses
paquets, en criant de toutes ses forces un mot
étrange,

«Mouïa-a-a-a !...»

et elle se mit à courir à travers les herbes.

«C'est l'eau ! C'est l'eau !» pensa Gaspar.
Mais avec les autres il cria le mot étrange, et
il commença à courir vers le lac.

«Mouïa ! Mouïa-a-a !»

Gaspar courait vite. Les longues herbes cin-
glaient ses mains et son visage, s'écartaient
devant son corps en crissant. Gaspar courait à
travers la plaine, ses pieds nus frappaient le sol
humide, ses bras fauchaient les feuilles cou-
pantes de l'herbe. Il entendait le bruit de son
cœur, le grincement des herbes qui se
repliaient derrière lui. À quelques mètres à
gauche, Abel courait aussi vite, en poussant
des cris. Parfois il disparaissait sous les herbes,

puis reparaissait, bondissant par-dessus les
pierres. Leurs routes se croisaient, s'éloignaient, et les autres enfants couraient derrière eux, en sautant pour voir où ils allaient.
Ils appelaient, et Gaspar répondait :

« Mouïa-a-a-a !... »

Ils sentaient l'odeur de la terre humide,
l'odeur âcre de l'herbe écrasée, l'odeur des
arbres. Les lames d'herbe lacéraient leurs
visages comme des fouets, et ils continuaient
à courir sans reprendre haleine, ils criaient
sans se voir, ils s'appelaient, se guidaient vers
l'eau.

« Mouïa ! Mouïa ! »

Gaspar voyait la nappe d'eau devant lui,
scintillante au milieu des herbes. Il pensait
qu'il arriverait le premier, et il courait encore
plus vite. Mais tout à coup il entendit la voix
de Khaf derrière lui. Elle criait avec détresse,
comme quelqu'un qui s'est perdu :

« Mouïa-a-a ! »

Alors Gaspar revint en arrière, et il la cher-
cha entre les herbes. Elle était si petite qu'il ne
la voyait pas. En décrivant des cercles, il l'appela :

« Mouïa ! »

Il la trouva loin derrière les autres enfants.
Elle courait à petits pas, en protégeant sa
figure avec ses avant-bras. Elle avait dû tom-

ber plusieurs fois, parce que sa chemise et ses
jambes étaient couvertes de terre. Gaspar la
souleva et la mit sur ses épaules, et il repartit
en avant. C'était elle qui le guidait maintenant. Cramponnée à ses cheveux, elle le poussait dans la direction de l'eau, et elle criait :

«Mouïa! Mouïa-a-a!...»

En quelques enjambées, Gaspar rattrapa
son retard. Il dépassa les deux plus jeunes garçons. Il arriva au bord de l'eau en même temps
qu'Abel. Ils tombèrent tous les trois dans l'eau
fraîche, à bout de souffle, et ils se mirent à
boire en riant.

Avant la nuit, les enfants construisirent une
maison. Abel était l'architecte. Il avait coupé
de longs roseaux et des branches. Avec l'aide
des autres garçons, il avait formé la carcasse
en ployant les roseaux en arc et en les liant au
sommet avec des herbes. Puis il avait bouché
les interstices avec de petites branches. Pendant ce temps, la petite Khaf et Augustin, l'un
des jeunes garçons, accroupis au bord du lac,
fabriquaient de la boue.

Quand la pâte fut prête, ils l'étalèrent sur les
murs de la maison en tapotant avec les paumes
de la main. Le travail avançait vite, et au coucher du soleil, la maison était finie. C'était une
sorte d'igloo en terre, avec un côté ouvert pour

entrer. Abel et Gaspar ne pouvaient y entrer
qu'à quatre pattes, mais la petite Khaf pouvait
s'y tenir droite. La maison était sur le bord du
lac, au centre d'une plage de sable. Autour de
la maison, les hautes herbes formaient une
muraille verte. De l'autre côté du lac vivaient
les hauts palmiers. Ce sont eux qui fournirent
les feuilles pour le toit de la maison.

Après avoir bu, le troupeau s'était éloigné à
travers la plaine d'herbe. Mais les enfants ne
semblaient pas s'en soucier. De temps en
temps, ils écoutaient les bêlements qui venaient
dans le vent, de l'autre côté de l'herbe.

Quand le soir était venu, le plus jeune des
garçons était parti traire les chèvres. Ensemble
ils avaient bu le lait doux et tiède, puis ils
s'étaient couchés, serrés les uns contre les
autres à l'intérieur de la maison. Une sorte de
brouillard léger montait du lac, le vent avait
cessé. Gaspar sentait l'odeur de la terre
mouillée sur les murs de la maison. Il écoutait
le bruit des grenouilles et des insectes de la nuit.

C'était ici qu'ils vivaient depuis des jours,
c'était ici leur maison. Les journées étaient
très longues, le ciel était toujours immense et
pur, le soleil parcourait longtemps sa route
d'un horizon à l'autre.

Chaque matin, en se réveillant, Gaspar

voyait la plaine d'herbes ruisselante de petites
gouttes qui brillaient dans la lumière. Au-
dessus de la plaine, les collines de pierres
avaient la couleur du cuivre. Les rochers aigus
se découpaient contre le ciel clair. À Genna,
il n'y avait jamais de nuages sauf, quelquefois,
le sillage blanc d'un avion à réaction qui traversait lentement la stratosphère. On pouvait
rester des heures à regarder le ciel, sans rien
faire d'autre. Gaspar franchissait la plaine
d'herbes, et il allait s'asseoir auprès d'Augustin, à côté du troupeau. Ensemble ils regardaient le grand bouc noir qui arrachait des
touffes d'herbes. Les chèvres et les moutons
marchaient derrière lui. Les chèvres avaient de
longues têtes d'antilope, aux yeux obliques
couleur d'ambre. Les moucherons vrombis-
saient sans cesse dans l'air.

Abel montra à Gaspar comment fabriquer
une fronde. Il choisit plusieurs lames d'une
herbe spéciale, vert sombre, qu'il appelait
goum. En les maintenant avec ses orteils, il
en fit une tresse. C'était difficile, parce que
l'herbe était dure et glissante. La tresse se
défaisait tout le temps, et Gaspar devait
reprendre depuis le début. Les bords des brins
d'herbe étaient tranchants, et ses mains saignaient. La tresse allait en s'élargissant pour
former la poche où on plaçait le caillou. À

chaque extrémité, Abel montra à Gaspar comment fermer la tresse par une boucle solide, qu'il consolida avec un brin d'herbe plus étroit.

Quand la tresse fut terminée, Abel l'examina avec soin. Il tira sur chaque extrémité pour éprouver la solidité de la lanière. Elle était longue et souple, mais plus courte que celle d'Abel. Abel l'essaya tout de suite. Il choisit un caillou rond par terre et il le plaça au centre de la lanière. Puis il montra à nouveau comment placer les deux extrémités : une boucle autour du poignet, l'autre entre les doigts et la paume de la main.

Il commença à faire tourner la fronde. Gaspar écoutait le sifflement régulier de la lanière. Mais Abel ne lança pas la pierre. D'un mouvement brusque et précis, il arrêta la lanière et la donna à Gaspar. Puis il lui montra le tronc d'un palmier au loin.

Gaspar fit tourner la fronde à son tour. Mais il allait trop vite et son buste était entraîné par le poids de la pierre. Il recommença plusieurs fois, en accélérant progressivement. Quand il entendit la lanière vrombir au-dessus de sa tête comme un moteur d'avion, il sut qu'il avait atteint la bonne vitesse. Lentement son corps tourna sur lui-même, et s'orienta vers le palmier debout à l'autre bout de la plaine. Il était sûr de lui maintenant, et la fronde faisait partie de lui-même. Il lui semblait voir un grand arc de cercle qui l'unissait au tronc de l'arbre. Au moment même où Abel cria :

« Gia ! »

Gaspar ouvrit sa main et la lanière d'herbe fouetta l'air. Le caillou invisible bondit vers le ciel et deux secondes plus tard, Gaspar entendit le bruit de l'impact sur le tronc du palmier.

À partir de ce moment, Gaspar sut qu'il n'était plus le même. Maintenant, il accompagnait l'aîné des enfants quand il ramenait le troupeau vers le centre de la plaine. Ils partaient tous les deux à l'aurore, et ils traversaient les hautes herbes. Abel le guidait en faisant siffler sa fronde au-dessus de sa tête, et Gaspar répondait avec sa propre fronde.

Au loin, sur les premières dunes, les chiens sauvages avaient repéré une chèvre égarée. Leurs aboiements aigus déchiraient le silence. Abel courait sur les pierres. Le plus grand des chiens avait déjà attaqué la chèvre. Ses poils noirs hérissés, il tournait autour d'elle et, de temps à autre, il attaquait en grondant. La chèvre reculait en présentant ses cornes ; mais un peu de sang coulait de sa gorge.

Quand Abel et Gaspar arrivèrent, les autres chiens s'enfuirent. Mais le chien au poil noir se tourna contre eux. Sa gueule bavait et ses

yeux brillaient de colère. Rapidement, Abel
chargea sa fronde avec une pierre tranchante
et il la fit tournoyer. Mais le chien sauvage
connaissait le bruit de la fronde et quand la
pierre partit, il fit un bond de côté et l'évita.
La pierre frappa le sol. Alors le chien attaqua.
D'une seule détente il sauta sur le jeune garçon. Abel cria quelque chose à Gaspar qui
comprit tout de suite. À son tour il chargea sa
fronde avec une pierre aiguë et la fit tourner
de toutes ses forces. Le chien noir s'arrêta et
se tourna vers Gaspar en grondant. Le caillou
pointu le frappa à la tête et brisa son crâne.
Gaspar courut vers Abel et l'aida à marcher,
car il tremblait sur ses jambes. Abel serra très
fort le bras de Gaspar et, ensemble, ils rame-
nèrent la chèvre vers le troupeau. Tandis
qu'ils s'éloignaient, Gaspar se retourna et vit
les chiens sauvages qui dévoraient le corps du
chien noir.

Les journées passaient comme cela, des
journées si longues que ç'aurait aussi bien pu
être des mois. Gaspar ne se souvenait plus très
bien de ce qu'il avait connu avant qu'ils arrivent ici, à Genna. Quelquefois il pensait aux
rues de la ville, avec leurs noms bizarres, aux
voitures et aux camions. La petite Khaf aimait
bien qu'il fasse pour elle le bruit des autos,

surtout les grosses voitures américaines qui foncent tout droit sur les routes en faisant éclater leur klaxon :

iiiiiaaaaooooo !

Elle riait aussi beaucoup à cause du nez de Gaspar. Le soleil l'avait brûlé, et il perdait sa peau par petites écailles. Lorsque Gaspar s'asseyait devant la maison et sortait son petit miroir de sa poche, elle s'asseyait à côté de lui et riait en répétant un mot étrange :

« Zezay ! Zezay ! »

Alors les autres enfants riaient et répétaient, eux aussi :

« Zezay ! »

Gaspar finit par comprendre. Un jour, la petite Khaf lui fit signe de la suivre. Sans bruit, elle marcha jusqu'à une pierre plate, dans le sable, près des palmiers. Elle s'arrêta et montra quelque chose à Gaspar, sur la pierre. C'était un long lézard gris qui perdait sa peau au soleil.

« Zezay ! » dit-elle. Et elle toucha le nez de Gaspar en riant.

Maintenant la petite fille n'avait plus peur du tout. Elle aimait bien Gaspar, peut-être parce qu'il ne savait pas parler, ou bien à cause de son nez si rouge.

La nuit, quand le froid montait de la terre et du lac, elle passait par-dessus le corps des

autres enfants endormis et elle venait se blot-
tir contre Gaspar. Gaspar faisait semblant de
ne pas se réveiller, et il restait longtemps sans
bouger, jusqu'à ce que le souffle de la petite
fille devienne régulier parce qu'elle s'était
endormie. Alors il la couvrait avec sa veste de
lin et il s'endormait lui aussi.

Maintenant qu'ils étaient deux à chasser, les
enfants mangeaient souvent à leur faim.
C'étaient des lièvres du désert qu'ils rencon-
traient à la limite des dunes, ou qui s'aventu-
raient au bord du lac. Ou bien des perdrix
grises qu'ils allaient chercher à la tombée de
la nuit dans les hautes herbes. Elles s'envolaient par groupes au-dessus de la plaine, et
les pierres sifflantes brisaient leur vol. Il y avait
aussi des cailles qui volaient au ras de l'herbe,
et il fallait mettre deux ou trois cailloux dans
les frondes pour pouvoir les atteindre. Gaspar
aimait bien les oiseaux, et il regrettait de les
tuer. Ceux qu'il préférait, c'étaient de petits
oiseaux gris à longues pattes qui s'enfuyaient
en courant dans le sable, et qui poussaient de
drôles de cris aigus :

« Courliii ! Courliii ! Courliii ! »

Ils ramenaient les oiseaux à la petite Khaf
qui les plumait. Puis elle les enveloppait avec
de la boue et les mettait à cuire dans la braise.

Abel et Gaspar chassaient toujours

ensemble. Parfois Abel réveillait son ami, sans
faire de bruit, comme la première fois, rien
qu'en le regardant. Gaspar ouvrait les yeux, il
se levait à son tour et serrait la fronde d'herbe
dans son poing. Ils partaient l'un derrière
l'autre à travers l'herbe haute, dans la lumière
grise de l'aurore. Abel s'arrêtait de temps en
temps pour écouter. Le vent qui passait sur
l'herbe apportait les bruits ténus de la vie, les
odeurs. Abel écoutait, puis il changeait un peu
de direction. Les bruits devenaient plus précis.
Des criaillements d'étourneaux dans le ciel,
des roucoulements de ramiers, qu'il fallait distinguer des bruits des insectes et des crissements des herbes. Les deux garçons se glissaient à travers les hautes herbes comme des
serpents, sans bruit. Chacun tenait sa fronde
chargée, et un caillou dans la main gauche.
Quand ils arrivaient à l'endroit où étaient assis
les oiseaux, ils s'écartaient l'un de l'autre, et ils
se redressaient en faisant tournoyer leurs
lanières. Soudain, les étourneaux s'envolaient,
jaillissaient dans le ciel. L'un après l'autre, les
garçons ouvraient leur main droite, et les
pierres sifflantes abattaient les oiseaux.

Quand ils revenaient vers la maison, les
enfants avaient déjà allumé le feu, et la petite
Khaf avait préparé les cuves d'eau. Ensemble
ils mangeaient les oiseaux, pendant que le

soleil apparaissait au-dessus des collines, à l'autre bout de Genna.

Le matin, l'eau du lac était couleur de métal. Les moustiques et les araignées d'eau couraient à la surface. Gaspar accompagnait la petite fille qui allait traire les chèvres. Il l'aidait en tenant les bêtes, pendant qu'elle vidait les mamelles dans les grandes outres. Elle faisait cela tranquillement, sans relever la tête, en chantonnant une chanson dans sa langue un peu étrange. Puis ils retournaient vers la maison pour apporter le lait tiède aux autres enfants.

Les deux jeunes frères (Gaspar pensait qu'ils s'appelaient Augustin et Antoine, mais il n'en était pas tout à fait certain) l'emmenaient relever les pièges. C'était de l'autre côté du lac, à l'endroit où commençait le marécage. Sur le chemin des lièvres, Antoine avait placé des nœuds coulants faits de brins d'herbe tressée, attachés à des brindilles recourbées. Quelquefois ils trouvaient un lièvre étranglé, mais le plus souvent, les lacets avaient été arrachés. Ou bien c'étaient des rats qu'il fallait jeter au loin. Quelquefois aussi les chiens sauvages étaient passés les premiers et avaient dévoré les captures.

Avec l'aide d'Antoine, Gaspar creusa une fosse pour attraper un renard. Il recouvrit la

fosse avec des brindilles et de la terre. Puis il
frotta le chemin qui conduisait à la fosse avec
une peau de lièvre fraîche. Le piège resta intact
plusieurs nuits, mais un matin, Antoine revint
en portant quelque chose dans sa chemise.
Quand il ouvrit son paquet, les enfants virent
un tout jeune renard qui clignait des yeux à la
lumière du soleil. Gaspar le prit par la peau du
cou comme un chat et le donna à la petite
Khaf. Au début, ils avaient un peu peur l'un
de l'autre, mais elle lui donna à boire du lait
de chèvre dans le creux de sa main et ils devin-
rent de bons amis. Le renard s'appelait Mîm.

À Genna, le temps ne passait pas de la
même façon qu'ailleurs. Peut-être même que
les jours ne passaient pas du tout. Il y avait les
nuits, et les jours, et le soleil qui remontait lentement dans le ciel bleu, et les ombres qui rac-
courcissaient, puis qui s'allongeaient sur le sol,
mais ça n'avait plus la même importance. Gaspar ne s'en souciait pas. Il avait l'impression
que c'était tout le temps la même journée qui
recommençait, une très très longue journée
qui n'en finirait jamais.

La vallée de Genna n'avait pas de fin, elle
non plus. On n'avait jamais terminé de l'ex-
plorer. On trouvait sans cesse des endroits
nouveaux où on n'était jamais allé. De l'autre

côté du lac, par exemple, il y avait une zone
d'herbe jaune et courte, et une sorte de marécage où poussaient des papyrus. Les enfants
étaient allés là pour cueillir des roseaux pour
la petite Khaf qui voulait tresser des paniers.

Ils s'étaient arrêtés au bord du marécage, et
Gaspar regardait l'eau qui luisait entre les
roseaux. De grandes libellules volaient au ras
de l'eau, en traçant des sillages légers. Le soleil
se réverbérait avec force, et l'air était lourd. Les
moustiques dansaient dans la lumière autour
des cheveux des enfants. Pendant qu'Augustin
et Antoine cueillaient les roseaux, Gaspar
s'était avancé à l'intérieur du marécage. Il marchait lentement en écartant les plantes, tâtant
la vase avec ses pieds nus. Bientôt l'eau était
arrivée jusqu'à sa taille. C'était une eau fraîche
et tranquille, et Gaspar se sentait bien. Il avait
continué longtemps à marcher dans le marécage, puis, tout à coup, loin devant lui, il avait
vu ce grand oiseau blanc qui nageait à la surface de l'eau. Son plumage faisait une tache
éblouissante sur l'eau grise du marécage.
Quand Gaspar s'approchait trop, l'oiseau se
levait, battait des ailes et s'éloignait de
quelques mètres.

Gaspar n'avait jamais vu d'oiseau aussi
beau. Il brillait comme l'écume de la mer, au
milieu des herbes et des roseaux gris. Gaspar

aurait voulu l'appeler, lui parler, mais il ne voulait pas l'effrayer. De temps en temps, l'oiseau
blanc s'arrêtait et regardait Gaspar. Puis il
s'envolait un peu, l'air indifférent, parce que le
marécage était à lui et qu'il voulait rester seul.

Gaspar était resté longtemps immobile dans
l'eau à regarder l'oiseau blanc. La vase douce
enveloppait ses pieds, et la lumière étincelait à
la surface de l'eau. Puis, au bout d'un moment,
l'oiseau s'était approché de Gaspar. Il n'avait
pas peur, parce que le marécage était vraiment
à lui, à lui tout seul. Il voulait simplement voir
l'étranger qui restait immobile dans l'eau.

Ensuite, il s'était mis à danser. Il battait des
ailes, et son corps blanc se soulevait un peu
au-dessus de l'eau qui se troublait et agitait les
roseaux. Puis il retombait, et il nageait en
décrivant des cercles autour du jeune garçon.
Gaspar aurait bien voulu pouvoir lui parler,
dans sa langue, pour lui dire qu'il l'admirait,
qu'il ne lui voulait aucun mal, qu'il voulait
seulement être son ami. Mais il n'osait pas
faire du bruit avec sa voix.

Tout était tellement silencieux à cet endroit.
On n'entendait plus les cris des enfants sur la
rive, ni les jappements aigus des chiens. On
entendait seulement le vent léger qui arrivait
sur les roseaux et qui faisait frissonner les
feuilles des papyrus. Il n'y avait plus de col-

lines de pierres, ni de dunes, ni d'herbes. Il n'y avait que l'eau couleur de métal, le ciel, et la tache éblouissante de l'oiseau qui glissait sur le marécage.

Maintenant il ne s'occupait plus de Gaspar. Il nageait et pêchait dans la vase, avec des mouvements agiles de son long cou. Puis il se reposait en écartant ses larges ailes blanches, et il avait vraiment l'air d'un roi, hautain et indifférent, qui régnait sur son domaine d'eau.

Soudain, il battit des ailes, et le jeune garçon vit son corps couleur d'écume qui s'élevait lentement, tandis que ses longues pattes traînaient à la surface du marécage comme les flotteurs d'un hydravion. L'oiseau blanc décolla et fit un grand virage dans le ciel. Il passa devant le soleil et disparut, confondu avec la lumière.

Gaspar resta encore longtemps immobile dans l'eau, espérant que l'oiseau reviendrait. Après cela, tandis qu'il revenait en arrière dans la direction des voix des enfants, il y avait une drôle de tache devant ses yeux, une tache éblouissante comme l'écume qui se déplaçait avec son regard et fuyait au milieu des roseaux gris.

Mais Gaspar était heureux parce qu'il savait qu'il avait rencontré le roi de Genna.

3

Hatrous, c'était le nom du grand bouc noir. Il vivait de l'autre côté de la plaine d'herbes, à la limite des dunes, entouré par les chèvres et les moutons. C'était Augustin qui avait la garde d'Hatrous. Quelquefois, Gaspar allait à sa recherche. Il s'approchait à travers les hautes herbes, en sifflant et en criant pour l'avertir, comme ceci :

« Ya-ha-ho ! »

et il entendait la voix d'Augustin qui lui répondait au loin.

Ils s'asseyaient par terre, et ils regardaient le bouc et les chèvres, sans parler. Augustin était beaucoup plus jeune qu'Abel, mais il était plus sérieux. Il avait un beau visage lisse qui ne souriait pas souvent, et des yeux sombres et profonds qui semblaient voir loin derrière vous, vers l'horizon. Gaspar aimait bien son regard plein de mystère.

Augustin était le seul qui pouvait s'approcher du bouc. Il marchait lentement vers lui, il lui disait des paroles à voix basse, des paroles douces et chantantes, et le bouc s'arrêtait de manger pour le regarder et tendre les oreilles. Le bouc avait un regard comme celui d'Augustin, les mêmes larges yeux en amande, sombres et dorés, qui semblaient vous voir en transparence.

Gaspar restait assis à l'écart pour ne pas les déranger. Il aurait bien aimé s'approcher d'Hatrous, pour toucher ses cornes et la laine épaisse sur son front. Hatrous savait tellement de choses, non pas de ces choses qu'on trouve dans les livres, dont les hommes aiment parler, mais des choses silencieuses et fortes, des choses pleines de beauté et de mystère.

Augustin restait longtemps debout, appuyé sur le bouc. Il lui offrait des herbes et des racines à manger, et tout le temps il lui parlait à l'oreille. Le bouc s'arrêtait de mastiquer l'herbe pour écouter la voix du petit garçon, puis il faisait quelques pas en secouant la tête et Augustin marchait avec lui.

Hatrous avait vu toute la terre, au-delà des dunes et des collines de pierres. Il connaissait les prairies, les champs de blé, les lacs, les arbustes, les sentiers. Il connaissait les traces des renards et des serpents mieux que personne. C'était cela qu'il enseignait à Augustin, toutes les choses du désert et des plaines qu'il faut apprendre pendant une vie entière.

Il restait auprès du jeune garçon, mangeant dans sa main les herbes et les racines. Il écoutait les paroles douces et chantonnantes, et le poil de son dos frissonnait un peu. Ensuite il secouait la tête, avec deux ou trois mouvements brusques des cornes. Puis il allait rejoindre son troupeau.

Alors Augustin revenait s'asseoir à côté de Gaspar, et ils regardaient ensemble le bouc noir qui avançait lentement au milieu des chèvres qui dansaient. Il les conduisait vers une autre pâture, un peu plus loin, là où l'herbe était vierge.

Il y avait aussi le chien d'Augustin. Ce n'était pas vraiment son chien, c'était un chien sauvage comme les autres, mais c'était lui qui restait près d'Hatrous et du troupeau, et Augustin était devenu son ami. Il l'avait appelé Noun. C'était un grand lévrier à poils longs, couleur de sable, avec un nez effilé et des oreilles courtes. De temps à autre, Augustin jouait avec lui. Il sifflait entre ses doigts et il criait son nom :

«Noun! Noun!»

Alors l'herbe haute s'ouvrait et Noun arrivait à toute vitesse, en poussant des cris brefs.

Il s'arrêtait, dressé sur ses longues jambes, le ventre palpitant. Augustin faisait semblant de lui jeter une pierre, puis il criait encore son nom :

«Noun! Noun!»

et il partait en courant à travers les herbes. Le lévrier bondissait derrière lui en aboyant, rapide comme une flèche. Comme il allait beaucoup plus vite que l'enfant, il faisait de grands détours dans la plaine, bondissait par-dessus les pierres, s'arrêtait, le museau dressé, aux aguets. Il entendait à nouveau la voix d'Augustin et il repartait. En quelques bonds, il l'avait rejoint au milieu des herbes, et il faisait semblant de l'attaquer en grondant. Augustin lui lançait des pierres, s'enfuyait à nouveau, tandis que le lévrier tournait autour de lui. À la fin, ils sortaient tous les deux de la plaine d'herbes, à bout de souffle.

Hatrous n'aimait pas trop ces bruits. Il soufflait et piétinait avec colère, et il conduisait son troupeau un peu plus loin. Quand Augustin revenait s'asseoir à côté de Gaspar, le lévrier se couchait sur le sol, les pattes arrière repliées de côté, les deux pattes avant bien droites, la tête haute. Il fermait les yeux et restait sans bouger, tout à fait pareil à une statue. Seules ses oreilles étaient mobiles, à l'affût des bruits.

À lui aussi, Augustin parlait. Il ne lui par-

lait pas avec des mots, comme au bouc noir,
mais en sifflotant entre ses dents, très doucement. Mais le lévrier n'aimait pas qu'on l'ap-
proche. Dès qu'Augustin se levait, il se levait
aussi, et restait à distance.

Quand il y avait eu de la viande, Augustin
traversait la plaine d'herbes et il apportait des
os pour Noun. Il les posait par terre, et il
s'éloignait de quelques pas en sifflant. Alors
Noun venait manger. Personne n'avait le droit
de venir vers lui à ce moment-là; les autres
chiens rôdaient autour, et Noun grondait sans
relever la tête.

C'était bien d'avoir ces amis, à Genna. On
n'était jamais seul.

Le soir, quand l'air alourdi par le soleil arrêtait le vent, la petite Khaf allumait le feu pour
chasser les moucherons qui dansaient près des
yeux et des oreilles. Puis elle partait avec Gaspar pour traire les chèvres. Quand ils traversaient ensemble les hautes herbes, la petite
fille s'arrêtait. Gaspar comprenait ce qu'elle
voulait, et il la mettait sur ses épaules, comme
la première fois où ils étaient arrivés devant le
lac. Elle était si légère que Gaspar la sentait à
peine sur ses épaules. En courant, il rejoignait
la région où Hatrous vivait auprès de son troupeau. Augustin était toujours assis au même

endroit, en train de regarder le bouc noir, et les collines lointaines.

La petite Khaf rentrait seule en portant l'outre gonflée de lait. Gaspar restait avec Augustin jusqu'à la tombée de la nuit. Quand l'ombre venait, il y avait un drôle de frisson sur toutes les choses. C'était l'heure que Gaspar et Augustin préféraient. La lumière déclinait peu à peu, l'herbe et la terre devenaient grises alors que le haut des dunes était encore éclairé. À ce moment-là le ciel était si transparent qu'on avait l'impression de voler très haut en décrivant des cercles lents comme un vautour. Il n'y avait plus de vent, plus de mouvement sur la terre, et les bruits venaient de loin, très doux et très calmes. On entendait les chiens qui s'interpellaient d'une colline à l'autre, les moutons et les chèvres qui se serraient autour du grand bouc noir en poussant leurs bêlements un peu plaintifs. L'ombre emplissait tout le ciel comme de la fumée, et les étoiles apparaissaient, une à une. Augustin montrait leurs feux, il donnait à chacune un nom étrange que Gaspar essayait de retenir. C'étaient les noms des étoiles de Genna, les noms qu'il fallait apprendre, et qui brillaient fort dans l'espace bleu sombre,

«Altaïr... Eltanin... Kochab... Merak...»

Il disait leurs noms, comme cela, lentement,

avec sa voix chantonnante, et elles apparaissaient dans le ciel bleu-noir, faibles d'abord,
un seul point de lumière vacillante, tantôt
rouge, tantôt bleu. Puis fixes et puissantes,
élargies, dardant leurs rayons aigus, elles
brillaient comme des brasiers au milieu du
vide. Gaspar écoutait intensément leurs noms
magiques, et c'étaient les mots les plus beaux
qu'il eût jamais entendus,

«Fecda... Alioth... Mizar... Alkaïd...»

La tête renversée en arrière, Augustin appelait les étoiles. Il attendait un peu entre chaque
nom, comme si les lumières obéissaient à son
regard et grandissaient, traversaient le vide
du ciel, arrivaient jusqu'à lui, au-dessus de
Genna. Entre elles maintenant il y avait de
nouvelles étoiles, plus petites, à peine visibles,
une poussière de sable qui s'effaçait par instants, puis revenait,

«Alderamin... Deneb... Chedir... Mirach...»

Les feux ressemblaient à une flottille au
bord de l'horizon. Ils s'unissaient entre eux et
dessinaient des figures étranges qui couvraient
le ciel. Sur la terre, il n'y avait plus rien,
presque plus rien. Les dunes de sable étaient
voilées par l'ombre, les herbes étaient englou-
ties. Autour du grand bouc noir, le troupeau
de moutons et de chèvres marchait sans bruit
vers le haut de la vallée. Les yeux grands

ouverts, Gaspar et Augustin regardaient le
ciel. Là-haut il y avait beaucoup de monde,
beaucoup de peuples allumés, des oiseaux, des
serpents, des chemins qui sinuaient entre les
villes de lumière, des rivières, des ponts ; il y
avait des animaux inconnus arrêtés, des tau-
reaux, des chiens aux yeux étincelants, des
chevaux,

« Enif... »

des corbeaux aux ailes déployées dont le plumage luisait, des géants couronnés de dia-
mants, immobiles, et qui regardaient la terre,

« Alnilam, Jouyera... »

des couteaux, des lances et des épées d'obsi-
dienne, un cerf-volant enflammé suspendu
dans le vent du vide. Il y avait surtout, au
centre des signes magiques, un éclair luisant
au bout de sa longue corne acérée, le grand
bouc noir Hatrous debout dans la nuit, qui
régnait sur son univers,

« Ras Alhague... »

Alors Augustin se couchait sur le dos et il
contemplait toutes les étoiles qui brillaient
pour lui dans le ciel. Il ne les appelait plus, il
ne bougeait plus. Gaspar frissonnait, et rete-
nait son souffle. Il écoutait de toutes ses
forces, pour entendre ce que disaient les
étoiles. C'était comme s'il regardait avec tout
son corps, son visage, ses mains, pour entendre

le murmure léger qui résonnait au fond du ciel, le bruit d'eau et de feu des lumières lointaines.

On pouvait rester là toute la nuit, au milieu de la plaine de Genna. On entendait le chant des insectes qui commençait, pas très fort au début, puis qui grandissait, qui emplissait tout. Le sable des dunes restait chaud, et les enfants creusaient des trous pour dormir. Seul, le grand bouc noir ne dormait pas. Il veillait devant son troupeau, ses yeux brillant comme des flammes vertes. Peut-être qu'il restait éveillé pour apprendre de nouvelles choses sur les étoiles et sur le ciel. Parfois, il secouait sa lourde toison de laine, il soufflait à travers ses naseaux, parce qu'il avait entendu le glissement d'un serpent, ou parce qu'un chien sauvage rôdait. Les chèvres partaient en courant, et leurs sabots frappaient la terre sans qu'on sache où elles étaient. Puis le silence revenait.

Quand la lune se levait au-dessus des collines de pierres, Gaspar se réveillait. L'air de la nuit le faisait frissonner. Il regardait autour de lui, et voyait qu'Augustin était parti. À quelques mètres, le jeune garçon était assis à côté d'Hatrous. Il lui parlait à voix basse, toujours avec les mêmes paroles chantonnantes.

Hatrous remuait ses mâchoires, il se pen-

chait sur Augustin et soufflait sur son visage.
Alors Gaspar comprenait qu'il était en train de
lui enseigner de nouvelles choses. Il lui enseignait ce qu'il avait appris dans le désert, les
journées sous le soleil qui brûle, les choses de
la lumière et de la nuit. Peut-être qu'il lui parlait du croissant de lune suspendu au-dessus
de l'horizon, ou bien du grand serpent de la
Voie lactée qui rampe à travers le ciel.

Gaspar restait debout, il regardait de toutes
ses forces le grand bouc noir pour essayer de
comprendre un peu des belles choses qu'il
enseignait à Augustin. Puis il traversait le
champ d'herbes et il retournait jusqu'à la maison où les enfants dormaient.

Il restait un moment debout devant la porte
de la maison. Il regardait le mince croissant un
peu de travers dans le ciel noir. Un souffle
léger venait derrière Gaspar. Sans se retourner, il savait que c'était la petite Khaf qui
s'était réveillée. Il sentait sa main tiède qui se
plaçait dans la sienne et qui la serrait très fort.

Alors, ils montaient tous les deux ensemble
dans le ciel, devenus légers comme des
plumes, ils flottaient vers le croissant de lune.
La tête levée, ils s'en allaient très longtemps,
très longtemps, sans quitter des yeux le croissant couleur d'argent, sans penser à rien,
presque sans respirer. Ils flottaient au-dessus

de la vallée de Genna, plus haut que les éper-
viers, plus haut que les avions à réaction. Ils
voyaient toute la lune, maintenant, le grand
disque sombre de l'arc de cercle éblouissant,
couché dans le ciel, qui ressemblait à un sourire. La petite Khaf serrait la main de Gaspar
de toutes ses forces, pour ne pas tomber à la
renverse. Mais c'était elle la plus légère, c'était
elle qui entraînait le jeune garçon vers le croissant de lune.

Quand ils avaient longtemps regardé la
lune, et qu'ils étaient arrivés tout près d'elle,
tellement près qu'ils sentaient la radiation
fraîche de la lumière sur leurs visages, ils
retournaient à l'intérieur de la maison. Ils restaient longtemps sans dormir, à regarder à travers l'ouverture étroite de la porte la lumière
pâle, à écouter les chants stridents des cri-
quets. Les nuits étaient belles et longues, à
Genna.

4

Les enfants allaient de plus en plus loin dans la vallée. Gaspar partait tôt le matin, alors que les hautes herbes étaient encore pleines de rosée et que le soleil ne pouvait pas chauffer toutes les pierres et tout le sable des dunes.

Ses pieds nus se posaient sur les traces de la veille, suivaient les sentiers. Il fallait faire attention aux épines cachées dans le sable, et aux silex tranchants. Parfois Gaspar escaladait un gros rocher, au bout de la vallée, et il regardait autour de lui. Il voyait la mince fumée qui montait droit dans le ciel. Il imaginait la petite Khaf accroupie devant le feu, en train de faire cuire la viande et les racines.

Plus loin encore, il voyait le nuage de poussière que faisait le troupeau en marchant. Conduites par le grand bouc Hatrous, les chèvres se dirigeaient vers le lac. En scrutant chaque coin de la vallée, Gaspar apercevait les

autres enfants. Il les saluait de loin en faisant
briller son petit miroir. Les enfants répondaient en criant :

«Ha-hou ha!»

À mesure qu'on s'éloignait du centre de la
vallée, la terre devenait plus sèche. Elle était
toute craquelée et durcie par le soleil, elle
résonnait sous les pieds comme une peau de
tambour. Ici vivaient de drôles d'insectes en
forme de brindilles, des scarabées, des scolo-
pendres, des scorpions. Avec précaution, Gaspar retournait les vieilles pierres, pour voir les
scorpions s'enfuir, la queue dressée. Gaspar
ne les craignait pas. C'était un peu comme s'il
était leur semblable, maigre et sec sur la terre
poussiéreuse. Il aimait bien les dessins qu'ils
laissaient dans la poussière, de petits chemins
sinueux et fins comme les barbes des plumes
d'oiseaux. Il y avait aussi les fourmis rouges,
qui couraient vite sur les dalles de pierre,
fuyant les rayons mortels du soleil. Gaspar les
suivait du regard, et il pensait qu'elles aussi
avaient des choses à enseigner. C'étaient sûrement des choses très petites et incroyables,
quand les cailloux devenaient grands comme
des montagnes et les touffes d'herbe hautes
comme des arbres. Quand on regardait les
insectes, on perdait sa taille et on commençait
à comprendre ce qui vibrait sans cesse dans

l'air et sur la terre. On oubliait tout le reste.
C'était peut-être pour cela que les jours
étaient si longs à Genna. Le soleil n'en finissait pas de rouler dans le ciel blanc, le vent
soufflait pendant des mois, des années.

Plus loin, quand on avait franchi une première colline, on arrivait dans le pays des termites. Gaspar et Abel étaient arrivés là, un
jour, et ils s'étaient arrêtés, un peu effrayés.
C'était un assez grand plateau de terre rouge,
raviné de torrents à sec, où rien ne poussait,
pas un arbuste, pas une herbe. Il y avait seulement la ville des termites.

Des centaines de tours alignées, faites de
terre rouge, avec des toits effilochés et des
pans de murs en ruine. Certaines étaient très
hautes, neuves et solides comme des gratte-
ciel ; d'autres paraissaient inachevées, ou brisées, avec des parois tachées de noir comme
si elles avaient brûlé.

Il n'y avait pas de bruit dans cette ville. Abel
regardait, penché en arrière, prêt à s'enfuir :
mais Gaspar avançait déjà le long des rues, au
milieu des hautes tours, en balançant sa
fronde le long de sa jambe. Abel courut le
rejoindre. Ensemble, ils circulèrent à travers la
ville. Autour des édifices, la terre était dure et
compacte comme si on l'avait foulée. Les
tours n'avaient pas de fenêtres. C'étaient de

grands immeubles aveugles, debout dans la lumière violente du soleil, usés par le vent et par la pluie. Les forteresses étaient dures comme la pierre. Gaspar frappa contre les murs avec son poing, puis essaya de les enta-mer avec un caillou. Mais il ne parvenait à détacher qu'un peu de poudre rouge.

Les enfants marchaient entre les tours, en regardant les murailles épaisses. Ils enten-daient le sang battre contre leurs tempes et la respiration siffler de leur bouche parce qu'ils se sentaient étrangers, et qu'ils avaient peur. Ils n'osaient pas s'arrêter. Au centre de la ville, il y avait une termitière encore plus haute que les autres. Sa base était large comme le tronc d'un palmier, et les deux enfants l'un sur l'autre n'auraient pu atteindre son sommet. Gaspar s'arrêta et contempla la termitière. Il pensait à ce qu'il y avait à l'intérieur de la tour, à ces gens qui vivaient tout en haut, suspen-dus dans le ciel, mais qui ne voyaient jamais la lumière. La chaleur les enveloppait, mais ils ne savaient pas où était le soleil. Il pensait à cela, et aussi aux fourmis, aux scorpions, aux scarabées qui laissent leurs traces dans la poussière. Ils avaient beaucoup de choses à enseigner, des choses étranges et minuscules, quand les journées duraient aussi longtemps qu'une vie. Alors il s'appuya contre le mur rouge, et il écouta. Il sifflait, pour appeler les gens de l'intérieur ; mais personne ne répondait. Il n'y avait que le bruit du vent qui chantonnait en passant entre les tours de la ville, et le bruit de son cœur qui résonnait. Quand Gaspar frappa avec ses poings la haute muraille, Abel eut peur et s'enfuit. Mais la termitière restait silencieuse. Peut-être que ses habitants dormaient, tout entourés de vent et de lumière, à l'abri dans leur forteresse. Gaspar prit une grosse pierre et il la lança de toutes ses forces contre la tour. La pierre brisa un morceau de la termitière en faisant un bruit de verre brisé. Dans les débris de la muraille, Gaspar vit de drôles d'insectes qui se débattaient. Dans la poussière rouge, ils ressemblaient à des gouttes de miel. Mais le silence n'avait pas cessé sur la ville, un silence qui pesait et menaçait du haut de toutes les tours. Gaspar sentit la peur, comme Abel. Il se mit à courir dans les rues de la ville, aussi vite qu'il put. Quand il eut rejoint Abel, ils redescendirent ensemble en courant vers la plaine d'herbes, sans se retourner.

Le soir, quand le soleil déclinait, les enfants s'asseyaient près de la maison pour regarder la petite Khaf danser. Antoine et Augustin fabriquaient des petites flûtes avec les roseaux de l'étang. Ils taillaient plusieurs tubes de longueur différente, qu'ils liaient ensemble avec des herbes. Quand ils commençaient à souffler dans les roseaux, la petite Khaf se mettait à danser. Gaspar n'avait jamais entendu une musique comme celle-là. C'étaient seulement des notes qui glissaient, montant, descendant, avec des bruits aigus comme des cris d'oiseaux. Les deux garçons jouaient à tour de rôle, se répondaient, se parlaient, toujours avec les mêmes notes glissantes. Devant eux, la tête un peu inclinée, la petite Khaf faisait bouger ses hanches en cadence, le buste bien droit, les mains écartées le long de son corps. Puis elle frappa le sol avec ses pieds nus, d'un mouvement rapide de la plante du pied et des talons, et cela faisait un roulement qui résonnait à l'intérieur de la terre, comme des coups de tambour. Les garçons se levèrent à leur tour, et ils continuèrent à jouer de la flûte en frappant le sol avec leurs pieds nus. Ils jouèrent et la petite Khaf dansa ainsi, jusqu'à ce que le soleil se couche sur la vallée. Puis ils s'assirent à côté du feu allumé. Mais Augustin partit de l'autre côté des hautes herbes, là où vivaient le grand bouc noir et le troupeau. Il continua à jouer tout seul là-bas, et le vent apportait par moments les sons légers de la

musique, les notes glissantes et frêles comme
des cris d'oiseaux.

Dans le ciel presque noir, les enfants regardaient passer un avion à réaction. Il brillait
très haut comme un moucheron d'étain, et
derrière lui son sillage blanc s'élargissait, fen-
dait le ciel en deux.

Peut-être que l'avion avait aussi des choses
à enseigner, des choses que ne savent pas les
oiseaux.

Il y avait beaucoup de choses à apprendre,
ici à Genna. On ne les apprenait pas avec les
paroles, comme dans les écoles des villes; on
ne les apprenait pas de force, en lisant des
livres ou en marchant dans les rues pleines de
bruit et de lettres brillantes. On les apprenait
sans s'en apercevoir, quelquefois très vite,
comme une pierre qui siffle dans l'air, quelquefois très lentement, journée après journée.
C'étaient des choses très belles, qui duraient
longtemps, qui n'étaient jamais pareilles, qui
changeaient et bougeaient tout le temps. On
les apprenait, puis on les oubliait, puis on les
apprenait encore. On ne savait pas bien comment elles venaient : elles étaient là, dans la
lumière, dans le ciel, sur la terre, dans les silex
et les parcelles de mica, dans le sable rouge
des dunes. Il suffisait de les voir, de les
entendre. Mais Gaspar savait bien que les gens

d'ailleurs ne pouvaient pas les apprendre.
Pour les apprendre, il fallait être à Genna, avec
les bergers, avec le grand bouc Hatrous, le
chien Noun, le renard Mîm, avec toutes les
étoiles au-dessus de vous, et, quelque part
dans le marécage gris, le grand oiseau au plumage couleur d'écume.

C'était le soleil qui enseignait surtout, à
Genna. Très haut dans le ciel, il brillait et donnait sa chaleur aux pierres, il dessinait chaque
colline, il mettait à chaque chose son ombre.
Pour lui, la petite Khaf fabriquait avec de la
boue des assiettes et des plats qu'elle mettait
à sécher sur les feuilles. Elle faisait aussi des
sortes de poupées avec de la boue, qu'elle coif-
fait de brins d'herbe et qu'elle habillait avec
des bouts de chiffon. Puis elle s'asseyait et elle
regardait le soleil cuire les poteries et les poupées, et sa peau devenait couleur de terre
aussi, et ses cheveux ressemblaient à de
l'herbe.

Le vent parlait souvent, lui-même. Ce qu'il
enseignait n'avait pas de fin. Cela venait d'un
côté de la vallée, vous traversait et partait vers
l'autre côté, passait comme un souffle à travers votre gorge et votre poitrine. Invisible et
léger, cela vous emplissait, vous gonflait, sans
jamais vous rassasier. Quelquefois, Abel et
Gaspar s'amusaient à retenir leur respiration,

en se bouchant le nez. Ils faisaient comme s'ils étaient en plongée sous la mer, très profond, à la recherche du corail. Ils résistaient plusieurs secondes, comme cela, la bouche et le nez fermés. Puis, d'un coup de talon, ils remontaient à la surface, et le vent entrait à nouveau dans leurs narines, le vent violent qui enivre. La petite Khaf essayait un peu, elle aussi, mais ça lui donnait le hoquet.

Gaspar pensait que s'il arrivait à comprendre tous les enseignements, il serait pareil au grand bouc Hatrous, très grand et plein de force sur la terre poussiéreuse, avec ces yeux qui jetaient des éclairs verts. Il serait comme les insectes aussi, et il pourrait construire de grandes maisons de boue, hautes comme des phares, avec juste une fenêtre au sommet, d'où on verrait toute la vallée de Genna.

Ils connaissaient bien ce pays, maintenant. Rien qu'avec la plante de leurs pieds, ils auraient pu dire où ils étaient. Ils connaissaient tous les bruits, ceux qui vont avec la lumière du jour, ceux qui naissent dans la nuit. Ils savaient où trouver les racines et les herbes bonnes à manger, les fruits âpres des arbustes, les fleurs sucrées, les graines, les dattes, les amandes sauvages. Ils connaissaient les chemins des lièvres, les lieux où les oiseaux s'asseyent, les œufs dans les nids. Quand Abel revenait, à la nuit tombante, les chiens sauvages aboyaient pour réclamer leur part des entrailles. La petite Khaf leur jetait des tisons ardents pour les éloigner. Elle serrait le renard Mîm dans sa chemise. Seul le chien Noun avait le droit de s'approcher, parce qu'il était l'ami d'Augustin.

Quand le vol de sauterelles arriva, c'était un matin, alors que le soleil était déjà haut dans le ciel. C'est Mîm qui les entendit le premier, bien avant qu'elles aient apparu au-dessus de la vallée. Il s'arrêta devant la porte de la maison, les oreilles tendues, le corps tremblant. Puis le bruit arriva, et les enfants s'immobilisèrent à leur tour.

C'était un nuage bas, couleur de fumée jaune, qui avançait en flottant au-dessus des herbes. Tous les enfants se mirent à crier soudain, à courir à travers la vallée, tandis que le nuage se balançait, hésitait, tourbillonnait sur place au-dessus des herbes, et le bruit grinçant des milliers d'insectes emplissait l'espace. Abel et Gaspar couraient au-devant du nuage, en faisant siffler les lanières de leurs frondes. Les autres enfants jetaient des branches sèches dans le feu et bientôt de grandes flammes claires jaillirent. En quelques secondes, le ciel fut obscurci. Le nuage des insectes passait lentement devant le soleil, couvrant la terre d'ombre. Les insectes frappaient le visage des enfants, griffaient leur peau avec leurs pattes dentelées. À l'autre bout du champ d'herbes, le troupeau fuyait vers les dunes, et le grand bouc noir reculait en piétinant la terre avec fureur. Gaspar courait sans s'arrêter, la fronde tournant au-dessus de sa tête comme une hélice. Le vrombissement continu des ailes des insectes résonnait dans ses oreilles et il continuait à courir sans voir où il allait, en frappant dans l'air avec sa lanière. Interminablement, le nuage tournoyait autour de la plaine d'herbes, comme s'il cherchait un endroit où s'abattre. Les nappes brunes des insectes se déroulaient, oscillaient, se recouvraient. Par endroits, les insectes tombaient sur le sol, puis recommençaient à voler lourdement, ivres de leur propre bruit. Les joues et les mains d'Abel étaient marquées de zébrures sanglantes, et il courait sans reprendre haleine, entraîné par le mouvement de sa fronde. Chaque fois que sa lanière frappait dans le nuage vivant, il poussait un cri, et Gaspar lui répondait.

Mais le vol des sauterelles ne s'arrêtait pas. Peu à peu, il s'éloignait au-dessus du marécage, toujours se balançant, hésitant, il fuyait vers les collines de pierres. Déjà les derniers insectes remontaient dans l'air et le ciel se

vidait. Le bruit crissant diminuait, s'en allait.
Quand la lumière du soleil reparut, les enfants
retournèrent vers la maison, épuisés. Ils s'al-
longèrent par terre, la gorge sèche, le visage
tuméfié.

Puis les plus jeunes enfants partirent en
criant à travers les hautes herbes pour ramasser les sauterelles assommées. Ils revinrent en
portant des brassées d'insectes. Assis autour
des braises chaudes, les enfants mangèrent les
sauterelles jusqu'au soir. Pour les chiens sauvages aussi, ce jour-là, il y eut un grand festin
parmi les herbes hautes.

5

Combien de jours avaient passé ? La lune avait grossi, puis était redevenue un mince croissant couché au-dessus des collines. Elle avait disparu quelque temps du ciel noir, et quand elle était revenue, les enfants l'avaient saluée à leur manière, en poussant des cris et en faisant des révérences. Maintenant, elle était à nouveau ronde et lisse dans le ciel nocturne, et elle baignait la vallée de Genna de sa lumière douce, un peu bleue. Il y avait quelque chose d'étrange dans sa lumière pourtant. Il y avait comme du froid et du silence. Les enfants se couchaient tôt dans la maison, mais Gaspar restait longtemps assis sur le seuil, à regarder la lune qui flottait dans le ciel. Abel aussi était inquiet. Le jour, il partait seul très loin, et personne ne savait où il allait. Il partait en balançant sa fronde d'herbe le long de sa cuisse, et il ne revenait qu'à la nuit tombante. Il ne rapportait plus de viande, seulement de temps à autre de maigres petits oiseaux aux plumes souillées qui ne calmaient pas la faim. La nuit, il se couchait avec les autres enfants à l'intérieur de la maison, mais Gaspar savait qu'il ne dormait pas ; il écoutait les bruits des insectes et les chants des crapauds autour de la maison.

Les nuits étaient froides. La lune brillait avec force, sa lumière était comme du givre. Le vent froid brûlait le visage de Gaspar tandis qu'il contemplait la vallée éclairée. Chaque fois qu'il expirait, la vapeur fumait en sortant de ses narines. Tout était sec et froid, dur, sans ombre. Gaspar voyait avec netteté tous les dessins sur la face de la lune, les taches sombres, les fissures, les cratères.

Les chiens sauvages ne dormaient pas. Ils rôdaient tout le temps à travers la plaine éclairée, en poussant des grognements et des jappements. La faim rongeait leurs ventres, et ils cherchaient en vain des restes de nourriture. Quand ils s'approchaient trop de la maison, Gaspar leur jetait des pierres. Ils faisaient des bonds en arrière en grondant, puis ils revenaient.

Cette nuit-là, Abel décida de faire la chasse à Nach le serpent. Vers le milieu de la nuit, il se leva et vint rejoindre Gaspar. Debout à côté

de lui, il regarda la vallée éclairée par la lune.
Le froid était intense, les pierres micassées
étincelaient et les hautes herbes luisaient
comme des lames. Il n'y avait pas de vent. La
lune semblait très proche, comme s'il n'y avait
rien entre la terre et le ciel, et qu'on touchait
le vide. Autour de la lune, les étoiles ne scintillaient pas.

Abel fit quelques pas, puis il se retourna et
regarda Gaspar pour lui demander de venir
avec lui. La clarté de la lune peignait son
visage en blanc, et ses yeux étaient allumés
dans l'ombre des orbites. Gaspar prit sa
fronde d'herbe et il marcha avec lui. Mais ils
ne traversèrent pas le champ d'herbes. Ils longèrent le marécage, dans la direction des collines de pierres.

Quand ils passèrent devant des arbustes,
Abel noua sa lanière autour de son cou. Avec
son petit couteau, il coupa deux longues
branches qu'il émonda avec soin. Il donna une
baguette à Gaspar et garda l'autre dans sa
main droite.

Maintenant, il marchait vite sur le sol
caillouteux. Il marchait penché en avant, sans
faire de bruit, le visage aux aguets. Gaspar le
suivait en imitant ses gestes. Au début, il ne
savait pas qu'ils avaient commencé la chasse à
Nach. Peut-être qu'Abel avait aperçu les

traces d'un lièvre du désert, et qu'il allait bientôt faire tournoyer sa fronde. Mais cette nuit-
là, tout était différent. La lumière était douce
et froide, et l'enfant marchait silencieusement,
la longue baguette dans sa main droite. Seul
Nach le serpent, qui glisse lentement dans la
poussière en lançant ses anneaux, pareil aux
racines des arbres, habitait dans cette région
de Genna.

Gaspar n'avait jamais vu Nach. Il l'avait
seulement entendu, la nuit, parfois, quand il
passait près du troupeau. C'était le même
bruit qu'il avait entendu la première fois,
quand il avait franchi le mur de pierres sur le
chemin de Genna. La petite Khaf lui avait
montré comment danse le serpent, en balançant sa tête, et comment il rampe lentement
sur le sol. En même temps, elle disait : «Nach !
Nach ! Nach ! Nach ! Nach !» et avec sa
bouche elle imitait le bruit de crécelle qu'il fait
avec le bout de sa queue contre les pierres et
sur les branches mortes.

Cette nuit-là était vraiment la nuit de Nach.
Tout était comme lui, froid et sec, brillant
d'écailles. Quelque part, au pied des collines
de pierres, sur les dalles froides, Nach faisait
glisser son long corps et goûtait la poussière
avec la pointe de sa langue double. Il cherchait
une proie. Lentement, il descendait vers le

troupeau des moutons et des chèvres, s'arrê-
tant de temps à autre, immobile comme une
racine, puis repartant.

Gaspar s'était séparé d'Abel. À présent, ils
marchaient de front, à quelques mètres de distance. Penchés en avant, ils avaient plié les
genoux, et ils faisaient de lents mouvements
du buste et des bras, comme s'ils nageaient.
Leurs yeux s'étaient accoutumés à la lumière
de la lune, ils étaient froids et pâles comme
elle, ils voyaient chaque détail sur la terre,
chaque pierre, chaque fissure.

C'était un peu comme à la surface de la
lune. Ils avançaient lentement sur le sol nu,
entre les rochers cassés et les crevasses noires.
Au loin, les collines déchiquetées comme les
bords d'un volcan luisaient contre le ciel noir.
Tout autour d'eux, ils voyaient les étincelles
du mica, du gypse, du sel gemme. Les deux
enfants marchaient avec des gestes ralentis, au
milieu du pays de pierre et de poussière. Leurs
visages et leurs mains étaient très blancs, et
leurs vêtements étaient phosphorescents, tein-
tés de bleu.

C'était ici, le pays de Nach.

Les enfants le cherchaient, examinant le ter-
rain mètre par mètre, écoutant tous les bruits.
Abel s'écarta davantage de Gaspar, parcou-
rant un grand cercle autour du plateau cal-

caire. Même quand il fut très loin, Gaspar
voyait la buée qui brillait devant son visage, et
il entendait le bruit de son souffle ; tout était
net et précis, à cause du froid.

Maintenant Gaspar avançait à travers les
broussailles, le long d'un ravin. Tout d'un
coup, alors qu'il passait près d'un arbre sans
feuilles, un acacia brûlé par la sécheresse et le
froid, le jeune garçon tressaillit. Il s'arrêta, le
cœur battant, parce qu'il avait entendu le
même bruit de froissement, le « Frrrtt-frrrtt »
qui avait résonné le jour où il avait franchi le
vieux mur de pierres sèches. Juste au-dessus
de sa tête, il vit Nach le serpent qui déroulait
son corps le long d'une branche. Nach descendait lentement de l'acacia, chaque écaille
de sa peau luisant comme du métal.

Gaspar ne pouvait plus bouger. Il regardait
fixement le serpent qui n'en finissait pas de
glisser le long de la branche, puis qui s'enroulait autour du tronc et descendait vers le
sol. Sur la peau du serpent, chaque dessin
brillait avec netteté. Le corps glissait vers le
bas, presque sans toucher le tronc de l'arbre,
et au bout du corps il y avait la tête triangulaire aux yeux pareils à du métal. Nach descendait longuement, sans bruit. Gaspar n'entendait que les coups de son propre cœur qui
frappaient fort dans le silence. La lumière de

la lune étincelait sur les écailles de Nach, sur
ses pupilles dures.

Gaspar dut faire un mouvement, parce que
Nach s'arrêta et dressa la tête. Il regarda le
jeune garçon, et Gaspar sentit son corps se
glacer. Il aurait voulu crier, appeler Abel, mais
sa gorge ne laissait passer aucun son. Il ne respirait plus. Au bout d'un long moment, Nach
reprit son mouvement. Quand il toucha à
terre, c'était comme de l'eau qui coulait dans
la poussière, un très long ruisseau d'eau pâle
qui sortait lentement du tronc de l'arbre. Gaspar entendit le bruit de sa peau qui frottait sur
la terre, un crissement léger, électrique, pareil
au vent sur les feuilles mortes.

Gaspar resta sans bouger jusqu'à ce que
Nach ait disparu. Alors il commença à trem-
bler, si violemment qu'il dut s'asseoir par terre
pour ne pas tomber. Il sentait encore sur son
visage le regard dur de Nach, il voyait encore
le mouvement d'eau froide du corps glissant
le long de l'arbre. Gaspar resta longtemps,
immobile comme une pierre, écoutant les
coups de son cœur dans sa poitrine. Au-dessus de la terre, la lune très ronde éclairait le
ravin désert.

Gaspar entendit Abel qui l'appelait. Il sifflait très doucement entre ses dents, mais l'air
sonore rendait le bruit très proche. Puis Gas-

par entendit le bruit de ses pas. Le jeune garçon approchait si vite que ses pieds semblaient
effleurer à peine le sol. Gaspar se leva et rejoignit Abel. Ensemble ils suivirent le ravin, sur
les traces de Nach.

Abel recommença à siffler, et Gaspar comprit que c'était pour Nach ; il l'appelait comme
cela, doucement, en faisant un bruit continu
et monotone. Dans les cachettes entre les
racines des acacias, Nach percevait le sifflement, et il tendait son cou en balançant sa tête
triangulaire. Son corps glissait sur lui-même,
s'enroulait. Inquiet, Nach cherchait à comprendre d'où venait le sifflement, mais la
vibration aiguë l'entourait, semblait venir de
tous les côtés à la fois. C'était une onde
étrange qui l'empêchait de s'enfuir, l'obligeait
à nouer son corps.

Quand les deux enfants apparurent, hautes
silhouettes blanches dans la lumière de la
lune, Nach frappa avec colère sa queue contre
les cailloux, et cela fit un crépitement d'étincelles. La peau de Nach semblait phosphores-
cente. Elle bougeait à peine, comme un frisson, sur le sol de poussière. Le corps se
déroulait sur place, glissant sur les graviers,
s'étirant, se dévidant, et Gaspar regardait à
nouveau la tête triangulaire aux yeux sans paupières. Il sentait le même froid que tout à

l'heure qui engourdissait ses membres et arrêtait son esprit. Abel se pencha en avant et se mit à siffler plus fort, et Gaspar l'imita. Tous les deux, ils commencèrent à danser la danse de Nach, avec des gestes ralentis de nageurs. Leurs pieds glissaient sur le sol, en avant, en arrière, en frappant des talons. Leurs bras tendus traçaient des cercles, et la baguette sifflait aussi dans l'air. Nach continua à avancer vers les enfants, en lançant ses anneaux de côté, et en haut de son cou dressé, sa tête se balançait pour suivre la danse.

Quand Nach ne fut qu'à quelques mètres des enfants, ils accélérèrent le mouvement de leur danse. Maintenant Abel parlait. C'est-à-dire qu'il parlait en même temps qu'il sifflait entre ses dents, et cela faisait des bruits étranges et rythmés, avec des explosions violentes et des grincements, comme une musique de vent qui résonnait à travers le plateau rocheux jusqu'aux collines lointaines et jusqu'aux dunes. C'étaient des paroles comme les craquements des pierres dans le froid, comme le chant des insectes, comme la lumière de la lune, des paroles fortes et dures qui semblaient recouvrir toute la terre.

Nach suivait les paroles et le bruit des pieds nus frappant la terre, et son corps oscillait sans cesse. Au sommet de son cou, sa tête triangu-

laire tremblait. Lentement, Nach se replia en
arrière, en basculant un peu sur le côté. Les
enfants dansaient à moins de deux mètres de
lui. Il resta ainsi un long moment, tendu et
vibrant. Puis, soudain, comme un fouet il se
détendit et frappa. Abel avait vu le mouvement, il sauta de côté. En même temps, sa
baguette siffla et toucha le serpent près de la
nuque. Nach se replia en soufflant, tandis que
les enfants dansaient autour de lui. Gaspar
n'avait plus peur, à présent. Quand Nach
frappa dans sa direction, il fit seulement un
pas de côté, et à son tour il essaya de cingler
le serpent à la tête. Mais Nach s'était replié
aussitôt, et la baguette souleva un peu de
poussière.

Il ne fallait pas s'arrêter de siffler et de parler, même en respirant, pour que toute la nuit
résonne. C'était une musique comme le
regard, une musique sans faiblesse, qui rete-
nait Nach sur le sol et l'empêchait de s'en
aller. Par la peau de son corps, elle entrait en
lui et lui donnait des ordres, la musique froide
et mortelle qui ralentissait son cœur et déviait
ses mouvements. Dans sa bouche, le venin
était prêt, il gonflait ses glandes ; mais la
musique des enfants, leur danse ondulante
était plus puissante encore, elle les mettait
hors d'atteinte.

Nach enroula son corps autour d'un rocher, pour mieux fouetter l'air avec sa tête. Devant lui, les silhouettes blanches des enfants bougeaient sans cesse, et il sentit la fatigue. Plusieurs fois, il lança sa tête en avant pour mordre, mais son corps retenu par le rocher était trop court et il frappait seulement la poussière impalpable. Chaque fois les baguettes sifflèrent en faisant craquer ses vertèbres cervicales.

À la fin, Nach quitta son point d'appui. Son long corps se déroula sur le sol, s'étendit dans toute sa beauté, étincelant comme une armure et moiré comme du zinc. Les dessins réguliers sur son dos paraissaient des yeux. Les osselets de sa queue vibraient en faisant une musique aiguë et sèche qui se mêlait aux sifflements et au rythme des pieds des enfants. Il redressa peu à peu sa tête, en haut de son cou vertical. Abel cessa de siffler et marcha vers lui, levant haut sa mince baguette, mais Nach ne bougea pas. Sa tête en angle droit avec son cou resta tournée vers l'image blanche de celui qui s'approchait, qui arrivait. D'un seul coup net, Abel frappa le serpent et lui brisa la nuque.

Ensuite il n'y eut plus du tout de bruit sur le plateau calcaire. Seulement, de temps en temps, le passage du vent froid dans les buissons et à travers les branches des acacias. La lune était haut dans le ciel noir, les étoiles ne scintillaient pas. Abel et Gaspar restèrent un instant à regarder le corps du serpent allongé sur la terre, puis ils jetèrent leurs baguettes et ils retournèrent vers Genna.

6

Ensuite tout changea très vite à Genna. C'était le soleil qui brillait plus fort dans le ciel sans nuages, et la chaleur devenait insupportable dans l'après-midi. Tout était électrique. On voyait tout le temps des étincelles sur les pierres, on entendait le crépitement du sable, des feuilles d'herbe, des épines. L'eau du lac avait changé, elle aussi. Opaque et lourde, couleur de métal, elle renvoyait la lumière du ciel. Il n'y avait plus d'animaux dans la vallée, seulement des fourmis et les scorpions qui vivaient sous les pierres. La poussière était venue; elle montait dans l'air quand on marchait, une poussière âcre et dure qui faisait mal.

Les enfants dormaient dans la journée, fatigués par la lumière et la sécheresse. Parfois, ils se réveillaient, traversés par une inquiétude nouvelle. Ils sentaient l'électricité dans leurs corps, dans leurs cheveux. Ils couraient comme les chiens sauvages, sans but, à la recherche d'une proie peut-être. Mais il n'y avait plus de lièvres ni d'oiseaux. Les animaux avaient quitté Genna sans qu'ils s'en rendent compte. Pour calmer leur faim, ils cueillaient les herbes aux feuilles larges et amères, ils déterraient les racines. La petite Khaf faisait à nouveau provision de graines poivrées pour le départ. La seule nourriture était le lait des chèvres qu'ils partageaient avec le renard Mîm. Mais le troupeau était devenu nerveux. Il partait vers les collines, et il fallait aller de plus en plus loin pour traire les chèvres. Augustin ne pouvait plus approcher le grand bouc noir. Hatrous grattait le sol avec colère, en faisant jaillir des nuages de poussière. Chaque jour, il conduisait le troupeau plus loin, vers le haut de la vallée, là où commençaient les collines, comme s'il allait donner le signal du départ.

Les nuits étaient si froides que les enfants n'avaient plus de force. Il fallait rester serrés les uns contre les autres, sans bouger, sans dormir. On n'entendait plus les cris des insectes. On n'entendait plus que le vent qui soufflait, et le bruit des pierres qui se contractaient.

Gaspar pensait qu'il allait se passer quelque

chose, mais il ne comprenait pas ce que ce serait. Il restait allongé sur le dos toute la nuit, près de la petite Khaf enroulée dans sa veste de toile. La petite fille ne dormait pas, elle non plus ; elle attendait, en serrant contre elle le renard.

Ils attendaient tous. Même Abel ne partait plus à la chasse. La fronde d'herbe autour de son cou, il restait couché devant la porte de la maison, les yeux tournés vers les collines éclairées par la lune. Les enfants étaient seuls à Genna, seuls avec le troupeau et les chiens sauvages qui gémissaient à voix basse dans leurs trous de sable.

Le jour, le soleil brûlait la terre. L'eau du lac avait un goût de sable et de cendres. Quand les chèvres avaient bu, elles sentaient une fatigue dans leurs membres, et leurs yeux sombres étaient pleins de sommeil. Leur soif n'était pas apaisée.

Un jour, vers midi, Abel quitta la maison avec sa fronde d'herbe au bout du bras. Son visage était tendu, et ses yeux brillaient de fièvre. Bien qu'il ne le lui ait pas demandé, Gaspar marcha derrière lui, armé de sa propre fronde. Ils se dirigèrent vers le marécage où poussaient des papyrus. Gaspar vit que l'eau du marécage avait baissé, et qu'elle était couleur de boue. Les moustiques dansaient

autour du visage des enfants, et c'était le seul
bruit de vie à cet endroit. Abel entra dans l'eau
et marcha vite. Gaspar le perdit de vue. Il
continua seul, enfonçant dans la boue du
marécage. Entre les roseaux, il voyait la surface de l'eau, opaque et dure. La lumière jetait
des éclats éblouissants, et la chaleur était si
forte qu'il avait du mal à respirer. La sueur
coulait sur son visage et sur son dos, son cœur
battait fort dans sa poitrine. Gaspar se hâtait,
parce que tout à coup il avait compris ce que
cherchait Abel.

Soudain, entre les roseaux, il aperçut l'oiseau blanc qui était roi de Genna. Les ailes
ouvertes, il était immobile à la surface de l'eau,
si blanc qu'on aurait dit une tache d'écume.
Gaspar s'arrêta et regarda l'oiseau, plein d'une
joie qui gonflait tout son corps. L'oiseau blanc
était bien tel qu'il l'avait vu la première fois,
inaccessible et entouré de lumière comme une
apparition. Gaspar pensait qu'au centre du
marécage il gouvernait silencieusement la vallée, les herbes, les collines et les dunes, jusqu'à l'horizon ; peut-être qu'il saurait éteindre
la fatigue et la sécheresse qui régnaient partout, peut-être qu'il allait donner ses ordres et
que tout redeviendrait comme avant.

Quand Abel apparut, à quelques mètres
seulement, l'oiseau tourna la tête et regarda

avec étonnement. Mais il resta immobile, ses grandes ailes blanches ouvertes au-dessus de l'eau brillante. Il n'avait pas peur. Gaspar ne regardait plus l'oiseau. Il vit le jeune garçon qui levait son bras au-dessus de sa tête, et au bout du bras, la longue lanière verte commençait à tourner, en faisant son chant mortel.

«Il va le tuer!» pensa Gaspar. Et il s'élança soudain vers lui. De toutes ses forces, il courait dans le marécage vers Abel, en bousculant les tiges des papyrus. Il arriva sur Abel au moment où la pierre allait partir, et les deux enfants tombèrent dans la boue, tandis que l'ibis blanc frappait l'air de ses ailes et prenait son envol.

Gaspar serrait le cou d'Abel pour le maintenir dans la boue. Le jeune berger était plus mince que lui, mais plus agile et plus fort. En un instant, il se libéra de la prise, et il recula de quelques pas dans le marécage. Il s'arrêta et regarda Gaspar, sans prononcer une parole. Son visage sombre et ses yeux étaient pleins de colère. Il fit tournoyer sa fronde au-dessus de sa tête, et lâcha la lanière. Gaspar se baissa, mais le caillou heurta son épaule gauche et le jeta dans l'eau comme un coup de poing. Un deuxième caillou siffla près de sa tête. Gaspar avait perdu sa fronde en luttant dans le marécage et il dut s'enfuir. Il se mit à courir entre les roseaux. La colère, la peur, et la douleur faisaient comme un grand bruit dans sa tête. Il courait le plus vite qu'il pouvait en zigzaguant pour échapper à Abel.

Quand il regagna la terre ferme, à bout de souffle, il vit qu'Abel ne l'avait pas suivi. Gaspar s'assit par terre, caché par les touffes de roseaux, et il resta longtemps, jusqu'à ce que son cœur et ses poumons aient retrouvé leur calme. Il se sentait triste et fatigué, parce qu'il savait maintenant qu'il ne pourrait plus retourner auprès des enfants. Alors, quand le soleil fut tout près de l'horizon, il prit le chemin des collines, et il s'éloigna de Genna.

Il ne se retourna qu'une fois, quand il arriva en haut de la première colline. Il regarda longuement la vallée, la plaine d'herbes, la tache lisse du lac. Près de l'eau, il vit la petite maison de boue et la colonne de fumée bleue qui montait droit dans le ciel. Il essaya d'apercevoir la silhouette de la petite Khaf assise près du feu, mais il était trop loin, et il ne vit personne. D'ici, en haut de la colline, le marécage semblait minuscule, un miroir terne où se reflétaient les tiges noires des roseaux et des papyrus. Gaspar entendit les jappements des chiens sauvages, et un nuage de poussière grise s'éleva quelque part au bout de la vallée,

là où le grand bouc Hatrous marchait devant
son troupeau.

Cette nuit-là, Gaspar dormit trois heures,
lové dans un creux de rocher. Le froid intense
avait engourdi la douleur de sa blessure, et la
fatigue avait rendu son corps lourd et insen-
sible comme une pierre.

C'est le vent qui réveilla Gaspar, juste avant
l'aurore. Ce n'était pas le même vent que
d'habitude. C'était un souffle chaud, électrique, qui venait de loin au-delà des collines
de pierres. Il arrivait en suivant les vallées et
les ravins, hurlant à l'intérieur des cavernes,
sur les roches éoliennes, un vent violent et
plein de menace. Gaspar se leva à la hâte, mais
le vent l'empêchait de marcher. En luttant,
penché en avant, Gaspar suivit un ravin étroit
barré par des murs de pierres sèches effondrés.
Le vent le poussa le long du ravin, jusqu'à une
route. Gaspar se mit à courir sur la route, sans
voir où il allait. Maintenant le jour était levé,
mais c'était une lumière étrange, rouge et
grise, qui naissait de partout à la fois, comme
s'il y avait un incendie. La terre n'était plus
qu'une nappe de poussière qui glissait dans le
vent horizontal. Elle était irréelle, elle fondait
comme un gaz. La poussière dure aux grains
acérés frappait les rochers, les arbres, les
herbes, elle rongeait de ses millions de man-

dibules, elle usait et écorchait la peau. Gaspar courait sans reprendre haleine, et de temps en temps il agitait les bras en criant, comme faisaient les enfants pour éloigner le nuage de sauterelles. Il courait pieds nus sur la route, les yeux à demi fermés, et la poussière rouge courait plus vite que lui. Pareilles à des serpents, les trombes de sable glissaient entre ses jambes, l'enveloppaient, tourbillonnaient, recouvraient la route en longs torrents. Gaspar ne voyait plus les collines, ni le ciel. Il ne voyait que cette lueur trouble dans l'espace, cette lumière étrange et rouge qui entourait la terre. Le vent sifflait et criait le long de la route, il poussait Gaspar et le faisait chanceler en frappant son dos et ses épaules. La poussière entrait par sa bouche et ses narines, le suffoquait. Plusieurs fois Gaspar tomba sur la route, arrachant la peau de ses mains et de ses genoux. Mais il ne sentait pas la douleur. Il fuyait en courant, les bras repliés devant lui, cherchant du regard un endroit où s'abriter.

Il courut comme cela plusieurs heures, perdu dans la tempête de sable. Puis, sur le bas-côté de la route, il vit la forme indécise d'une cabane. Gaspar poussa la porte et entra. La cabane était vide. Il referma la porte, s'accroupit contre le mur et mit sa tête à l'intérieur de sa chemise.

Le vent dura longtemps. La lueur rouge
éclairait l'intérieur de la cabane. La chaleur
rayonnait du sol, du plafond, des parois,
comme à l'intérieur d'un four. Gaspar resta
sans bouger, respirant à peine, le cœur battant
très lentement comme s'il allait mourir.

Quand le vent cessa, il y eut un grand
silence, et la poussière commença à retomber
lentement sur la terre. La lueur rouge s'étei-
gnit peu à peu.

Gaspar sortit de la cabane. Il regarda autour
de lui, sans comprendre. Dehors, tout avait
changé. Les dunes de sable étaient debout sur
la route, pareilles à des vagues immobiles. La
terre, les pierres, les arbres étaient couverts de
poussière rouge. Loin, près de l'horizon, il y
avait une drôle de tache trouble dans le ciel,
comme une fumée qui fuyait. Gaspar regarda
autour de lui et il vit que la vallée de Genna
avait disparu. Elle était perdue maintenant,
quelque part de l'autre côté des collines, inaccessible, comme si elle n'avait pas existé.

Le soleil apparut. Il brillait, et sa chaleur
douce pénétra dans le corps de Gaspar. Il fit
quelques pas sur la route, en secouant la poussière de ses cheveux et de ses habits. Au bout
de la route, un village de brique rouge était
éclairé par la lumière du jour.

Puis un camion arriva, les phares allumés.

Le grondement de son moteur grandit, et Gaspar s'écarta. Le camion passa à côté de lui sans s'arrêter, dans un nuage de poussière rouge, et continua vers le village. Gaspar marchait sur le sable chaud, le long de la route. Il pensa aux enfants qui suivaient le bouc Hatrous à travers les collines et les plaines caillouteuses. Le grand bouc noir devait être en colère à cause du vent et de la poussière, parce que les enfants avaient trop tardé à partir. Abel était au-devant du troupeau, sa longue lanière verte balançant au bout de son bras. De temps en temps, il criait : « Ya ! Yah ! » et les autres enfants lui répondaient. Les chiens sauvages tout jaunes de poussière couraient en faisant leurs grands cercles, et ils criaient aussi.

Ils passaient à travers les dunes rouges, ils allaient vers le nord, ou vers l'est, à la recherche de l'eau nouvelle. Peut-être que plus loin, quand on avait franchi un mur de pierres sèches, on trouvait une autre vallée, pareille à Genna, l'œil de l'eau brillant au milieu d'un champ d'herbes. Les hauts palmiers se balançaient dans le vent, et là, on pouvait construire une maison avec des branches et de la boue. Il y aurait des plateaux et des ravins où vivent les lièvres du désert, des clairières d'herbe où vont s'asseoir les oiseaux avant l'aube. Au-dessus du marécage, il y

aurait peut-être même un grand oiseau blanc
qui volerait penché sur la terre comme un
avion qui tourne.

Gaspar ne regardait pas la ville où il entrait
maintenant. Il ne voyait pas les murs de
brique, ni les fenêtres fermées par des rideaux
de métal. Il était encore à Genna, il était
encore avec les enfants, avec la petite Khaf et
le renard Mîm, avec Abel, Antoine, Augustin,
avec le grand bouc Hatrous et le chien Noun.
Il était bien avec eux, sans avoir besoin de
paroles, au moment même où il entrait dans
le bureau de la gendarmerie et où il répondait
aux questions d'un homme assis derrière une
vieille machine à écrire :

«Je m'appelle Gaspar... Je me suis perdu...»

Patrick AMINE   *Petit éloge de la colère*
De la colère de Dieu à la colère d'Achille, de la chaussure de
Khrouchtchev à l'O.N.U au « coup de boule » de Zidane, Patrick
Amine, au gré de ses lectures et de ses rencontres, nous entraîne dans
une explosion de fureur.

Élisabeth BARILLÉ   *Petit éloge du sensible*
Avec Élisabeth Barillé, découvrez qu'en se détachant des choses on
se rend plus sensible aux plaisirs qu'elles procurent, apprenez que la
liberté, c'est de savoir reconnaître et goûter l'essentiel…

COLLECTIF   *Sur le zinc*
De Rimbaud à Queneau, en passant par Zola et Blondin, accoudez-
vous au comptoir avec les plus grands écrivains.

Didier DAENINCKX   *Petit éloge des faits divers*
Récits d'événements considérés comme peu importants, les faits
divers occupent pourtant une large place dans nos journaux et notre
vie. Dans ces petites histoires de tous les jours, Didier Daeninckx
puise l'inspiration pour des nouvelles percutantes et très révélatrices
de notre société.

Francis Scott FITZGERALD   *L'étrange histoire de Benjamin
                                 Button* suivi de *La lie du bonheur*
Sous la fantaisie et la légèreté perce une ironie désenchantée qui place
Fitzgerald au rang des plus grands écrivains américains.

Nathalie KUPERMAN   *Petit éloge de la haine*
À faire froid dans le dos, les nouvelles de Nathalie Kuperman ont toutes le même thème : la haine. Haine de soi comme haine des autres, la
haine ordinaire, banale et quotidienne qui peut faire basculer une vie.

LAO SHE   *Le nouvel inspecteur* suivi de *Le
                                 croissant de lune*
Avec un humour et une tendresse non dépourvus de cruauté, Lao She
fait revivre une Chine aujourd'hui disparue.

Guy de MAUPASSANT   *Apparition et autres contes de
                                 l'étrange*
Des cimetières aux châteaux hantés, Maupassant nous attire aux
confins de la folie et de la peur.

Marcel PROUST   *La fin de la jalousie* et autres nouvelles

Mondains, voluptueux et cruels, les personnages de ces nouvelles de Proust virevoltent avec un raffinement qui annonce les héros d'*À la recherche du temps perdu*.

D.A.F. de SADE   *Eugénie de Franval*

Avec *Eugénie de Franval*, le « divin marquis » nous offre l'histoire tragique d'un amour scandaleux.

Composition Bussière
Impression Novoprint
à Barcelone le 22 d'octobre 2008
Dépôt légal : octobre 2008
1ᵉʳ dépôt legal dans la collection: décembre 2002

ISBN 978-2-07-042676-8 / Imprimé en Espagne.